騎鵝旅行記

目川文化

目錄

★【推薦序】

陳欣希（臺灣讀寫教學研究學會理事長、曾任教育部國中小閱讀推動計畫協同主持人）

我們讀的故事，決定我們成為什麼樣的人！

經典，之所以成為經典，就是因為——其內容能受不同時空的讀者青睞，而且，無論重讀幾次都有新的體會！

兒童文學的經典，也不例外，甚至還多了個特點——適讀年齡：從小、到大、到老！

◇年少時，這些故事令人眼睛發亮，陪著主角面對問題、感受主角的喜怒哀樂……，漸漸地，有些「東西」留在心裡。

◇年長時，這些故事令人回味沈思，發現主角的處境竟與自己的際遇有些相似……，漸漸地，那些「東西」浮上心頭。

◇年老時，這些故事令人會心一笑，原來，那些「東西」或多或少已成為自己的一部分了。

是的，我們讀的故事，決定我們成為什麼樣的人。

擅長寫故事的作者，總是運用其文字讓我們讀者感受到「主角如何面對自己的處境、有何情緒反應、如何解決問題、擁有什麼樣的個性特質、如何與身邊的人互動……」。就這樣，在閱讀的過程中，我們會遇到喜歡的主角，漸漸形塑未來的自己；在閱讀的過程中，我們會感受不同時代、不同國家的文化，漸漸拓展寬廣的視野！

鼓勵孩子讀經典吧！這些故事能豐厚生命！若可，與孩子共讀經典，聊聊彼此的想法，不僅促進親子的情感、了解小孩的想法、也能讓自己攝取生命的養份！

倘若孩子還未喜愛上閱讀，可試試下面提供的小訣竅，幫助孩子親近這些經典名著！

【閱讀前】和小孩一起「看」書名、「猜」內容

以《頑童歷險記》一書為例！

先和小孩看「書名」，頑童、歷險、記，可知這本書記錄了頑童的歷險故事。接著，和小孩猜猜「頑童可能是什麼樣的人？可能經歷了什麼危險的事……」。然後，就放手讓小孩自行閱讀。

【閱讀後】和小孩一起「讀」片段、「聊」想法

挑選印象深刻的段落朗讀給彼此聽，和小孩聊聊——或是看這本書的心情、或是喜歡哪一個角色、或是覺得自己與哪個角色相似……。

陳安儀（親職專欄作家、「多元作文」和「媽媽 Play 親子聚會」創辦人）

在這麼多年教授閱讀寫作的歷程之中，經常有家長詢問我，該如何為孩子選一本好書？而我常常告訴家長：「如果你對童書或是兒少書籍真的不熟，不知道要給孩子推薦什麼書，沒有關係，選『經典名著』就對了！」

為什麼呢？道理很簡單。一部作品，要能夠歷經時間的汰選，數十年、甚至數百年後依舊能廣受歡迎、歷久不衰，證明這本著作一定有其吸引人的魅力，以及亙古流傳的核心價值，才能夠不畏國家民族的更替、不懼社會經濟的變遷，一代傳一代，不褪流行、不嫌過時，歷久彌新，長久流傳。

這些世界名著，大多有著個性鮮明的角色、精采的情節，以及無窮無盡的想像力，令人目不轉睛、百讀不厭。此外，**這類作品也不著痕跡的推崇良善的道德品格，讓讀者在不知不覺的閱讀經驗之中，潛移默化，從中學習分辨是非善惡、受到感動啟發。**

比如說《地心遊記》的作者凡爾納，他被譽為「科幻小說之父」，知名的作品有《海底兩萬里》、《環遊世界八十天》……等六十餘部。這本《地心遊記》廣受大人小孩的喜愛，一共被搬上銀幕八次之多！凡爾納的文筆幽默，且本身喜愛研究科學，因此他的《地心遊記》不但故事緊湊，冒險刺激，而且很多描述到現在來看，仍未過時，甚至有些發明還成真了呢！

又如兒童文學的代表作品《祕密花園》，或是馬克．吐溫的《頑童歷險記》，驕縱的女主角瑪麗和流浪兒哈克，以及調皮搗蛋的湯姆，雖然不屬於傳統乖乖牌的孩子，性格灑脫不羈，無法在課業表現、生活常規上受到家長老師的稱讚，但是除卻一些小奸小惡，在大節上他們卻是堅守正義、伸張公理的一方。而且比起一般孩子來，更加勇敢、獨立，富於冒險精神。

這不正是我們的社會裡，一直欠缺卻又需要的英雄性格嗎？

還有像是《青鳥》，這個家喻戶曉的童話故事，藉由小兄妹與光明女神尋找幸福青鳥的過程，作者以隱喻的方式，將人世間的悲傷、快樂、死亡、誕生、……以各式各樣的想像國度呈現在眼前。最後，兄妹倆歷經千辛萬苦，才發現原來幸福的青鳥不必遠求，牠就在自己的家裡。這部作品雖是寫給孩子的童話，卻是成人看了才能深刻體悟內涵的作品，難怪到現在仍是世界舞台劇的熱門劇碼。

另外，現在雖已進入21世紀，然而隨著人類的科技進步，「大自然」的課題，重要性卻日益增加，不曾減低。這次這套【影響孩子一生的世界名著】裡，有四本跟大自然、動物有關的作品：《森林報》、《騎鵝旅行記》和《小鹿斑比》、《小戰馬》。這些作品早已經因為各式改編版的卡通而享譽國內外，然而，閱讀完整的文字作品，還是有完全不一樣的感動。尤其是我個人很喜歡《森林報》，對於森林中季節、花草樹木的描繪，讀來令人心曠神怡。

這套【影響孩子一生的世界名著】選集中，我認為比較特別的選集是《好兵帥克》和《史記》。前者是捷克著名的諷刺小說，小說深刻地揭露了戰爭的愚蠢與政治的醜惡，筆法詼諧逗趣；後者則是中國的古典歷史著作，收錄了許多含義深刻的歷史故事。這兩本著作非常適合大人與孩子共讀。

衷心盼望我們的孩子能**多閱讀世界名著，與世界文學接軌之餘，也能開闊心胸、增長智慧、陶冶品格，將來成為饒具世界觀的大人。**

張東君（外號「青蛙巫婆」、動物科普作家、金鼎獎得主）

雖說市面上每年都有非常多的作家寫了很難數清的作品，但是，出版社仍不時會重新出版許多前人寫的故事，最重要的原因就在於那是「經典」、「古典」，是歷久彌新、經得起時間考驗、必讀不可的好故事（還大多被拍成電視、電影、卡通、動畫）。

【影響孩子一生的世界名著】系列精選的每一本，不論在不在手邊，我都能夠講得出內容，不管旁邊的人想不想聽，總會是滔滔不絕的說出我喜歡或討厭書中的哪個角色，有多想跟著書中主角去做哪些事情等等。

例如，西頓動物故事《小戰馬》中明明就是人類的開發，導致動物喪失棲息地以及食物，卻一味怪罪於動物。〈狼王洛波〉的故事，對於喜歡狼的我來說，更是加深我對人類的厭惡感。

《騎鵝旅行記》我在小時候看這本書的時候，只覺得真不公平，明明主角是個欺負弱小及動物的壞孩子，卻有機會可以跟著許多動物一起離開家到處遊歷。其實這本是獲得諾貝爾獎的作品中，少數以兒童為主角的帶點奇幻又能讓讀者學到地理的書。

《小鹿斑比》讓我認識許多野生動物會遇到的危險，以及鹿媽媽和老鹿王教給小斑比的許多生活經驗和智慧。

《森林報》因為是很大以後才看的，就讓我比較有旁觀者的感覺，不像小時候看故事那樣能夠跟書中角色交朋友，也再次讓我確認有些書雖然是歷久彌新，但是假如能夠在小時候以純真的心情閱讀，更能獲得一輩子的深刻記憶。至於回憶是否美好，當然是要看作品囉！

縱然現在的時代已經不同，經典文學卻仍舊不朽。我的愛書，希望大家也都會喜歡。

施錦雲（新生國小老師、英語教材顧問暨師訓講師）

108新課綱即將上路，新的課綱除了說明12年國民教育的一貫性之外，更強調「核心素養」。所謂「素養」，在蔡清田教授2014年出版的《國民核心素養：十二年國教課程改革的DNA》一書中，強調素養同時涵蓋competence及literacy的概念，competence是學科知識、能力與態度的整體表現，literacy所指的就是閱讀與寫作的能力。

一套能提供學生培養閱讀興趣與建立寫作能力的書籍是非常重要的，【孩子一生必讀的世界經典】就是這樣的優質讀物。這系列共10本書，精選了10個來自不同國家作者的經典著作及多樣的主題，讓學生可以透過閱讀了解做人的基本道理及處事的態度，進而包容多元的文化並尊重大自然。

《騎鵝旅行記》能透過主人翁的冒險，理解到友誼及生命的可貴。

《青鳥》能讓孩子了解幸福的真諦。

《地心遊記》充滿冒險與想像，很符合這個現實與虛擬並存的21世紀。

《小戰馬》能讓讀者理解動物的世界，進而愛護動物並與大自然和平共存。

《史記故事》透過精選的15則故事，讓讀者鑑往知來，從歷史故事中出發，當生活中遇到困難該如何面對。

一套優良的讀物能讓讀者透過閱讀吸取經驗並激發想像力，閱讀經典更是奠定文學基礎最好的方式。

張佩玲（南門國中國文老師、曾任國語日報編輯）

當孩子正要由以圖為主的閱讀，逐漸轉換至以文為主階段，此系列的作品可稱是最佳選擇，無論情節的發展、境況的描述、生動的對話等皆透過適合孩子閱讀的文字呈現。

由衷希望孩子能習慣閱讀，甚至能愛上閱讀，若能知行合一，更是一樁美事，**讓孩子發自內心的「認同」，自然而然就會落實在生活中。**

戴月芳（國立空中大學／私立淡江大學助理教授、資深出版人暨兒童作家）

因為時代背景的不同，產生不同的決定和影響，我們讓孩子認識時間、環境、角色、個性、條件會影響抉擇，所以就會學到體諒、關懷、忍耐、勇敢、上進、寬容、負責、機智，這些都是**不同時代的人物留給我們最好的資產。**

謝隆欽（地球星期三 EarthWED 成長社群、國光高中地科老師）

就一本啟發興趣與想像的兒童小說而言，是頗值得推薦的閱讀素材。……文字淺白，情節緊湊，若是**中小學生翻閱，應是易讀易懂；也非常適合親子或班級共讀**，讓大小朋友一同與書中的主角，共享那段驚險的旅程。

王文華（兒童文學得獎作家）

【影響孩子一生的世界名著】跨越時間與空間的界限，帶著孩子們跟著書中主角一起生活與成長，從閱讀中傾聽《小戰馬》、《小鹿斑比》等動物與大自然和人類搏鬥的心聲，跟隨《地心遊記》、《頑童歷險記》、《青鳥》追尋科學、自由與幸福的冒險旅程，踏上《騎鵝歷險記》、《森林報》的歐洲土地領略北國風光，一窺《史記》、《好兵帥克》的中國與歐洲一戰歷史。**有一天，孩子上歷史課、地理課、生物自然課，會有與熟悉人事物連結的快樂，自然覺得有趣，學習起來就更起勁了。**

李貞慧（水瓶面面、後勁國中閱讀推動教師、「英文繪本教學資源中心」負責老師）

孩子透過閱讀世界名著，將**豐富其人文底蘊與文學素養**，誠摯推薦這套用心編撰的好書給大家。

李博研（神奇海獅先生、漢堡大學歷史碩士）

介於原文與改寫間的橋梁書，除了提升孩子的閱讀能力與理解力，他們更可以從一則又一的故事中了解各國的文化、地理與歷史，也能從《好兵帥克》主人翁帥克的故事中，明白戰爭帶給人類的巨大傷害。

金仕謙（臺北市立動物園園長、台大獸醫系碩士）

在我眼裡，所有動物都應受到人類尊重。從牠們的身上，永遠都有值得我們學習的地方。很高興看到這系列好書《小戰馬》、《小鹿斑比》、《騎鵝歷險記》、《森林報》中的精采故事。相信從閱讀這些有趣故事的過程，可以從小**培養孩子們尊重生命，學習如何付出愛與關懷，更謙卑地向各種生命學習，關懷自然**。真心推薦這系列好書。

第一章　威曼豪格縣的少年

從前在威曼豪格縣有一個少年，名叫尼爾斯·豪格爾森，年約十四歲左右，瘦高的身材，留著一頭淡黃色的頭髮。他很喜歡調皮搗蛋。

一個星期天的早晨，少年的爸爸、媽媽準備到教堂去。少年非常高興，他想：爸爸、媽媽都出去，我就可以自由的玩樂了。

爸爸似乎看出少年的心思，剛要往外走時，又轉過頭來對少年說：「讓你在家裡讀《聖經》，你能做到嗎？」

「當然，我一定能做到。」少年回答。其實，他心裡想：反正我想讀多少就讀多少。

媽媽從書架上拿下《聖經》，翻到當天要讀的經文，放在書桌上，並把大椅子拉到桌邊，對少年說：「你要仔仔細細的讀！等我們回來，我要一頁一頁的考你。」

「這篇經文有十四頁半，」媽媽又叮囑一句，「要想讀完，你必須現在就開始讀。」

少年心裡覺得很懊惱，因為現在他不得不老老實實的坐下來讀了。

其實，少年的爸爸、媽媽心裡也很苦惱。他們是窮苦的佃農，家裡的土地還不到一個菜園子大。雖然他們辛苦、勤儉持家，如今也養了乳牛和一群鵝，但家境還是不怎麼好。不過，最讓他們煩惱和傷心的，是少年的粗野和頑皮。他對待動物非常粗暴，待人的脾氣也不好。

「**求上帝使我兒子變善良吧！**」媽媽暗自祈禱。

少年用手托著下巴望著窗外，他一直在心裡面盤算著，到底要不要讀經文。最後，他決定，還是聽爸媽的話比較好。

他一屁股坐到大椅子上，開始讀了起來。他有氣無力的讀了一下子，嗡嗡

嗡的唸書聲好像催眠曲一樣，少年迷迷糊糊的打起瞌睡來了。

窗外春光明媚，太陽暖洋洋的照著大地，樹木含苞吐芽，一派生機蓬勃的景象。天空明淨高遠，蔚藍一片，連一絲雲彩都沒有。雲雀在枝頭間蹦來蹦去，清亮婉轉的啼唱著，雞和鵝三三兩兩的在院子裡，悠閒的走來走去。乳牛似乎也嗅到春天的氣息，不時發出哞哞的叫聲。

少年一邊讀，一邊打瞌睡，他拼命的想讓自己不要睡著，可是在溫暖的春天氣息裡，他還是不小心睡著了。

少年不知道自己只睡了一下子，還是很長一段時間，他被身後「窸窸窣窣」的聲音給驚醒過來。

少年面前的窗臺上，放著一面小鏡子，鏡子正好面對著他。他不經意的抬頭，看了鏡子一眼，看到媽媽的那口大衣箱的箱蓋是開著的。

媽媽有一個很大很重，四面包著鐵皮的木頭衣箱，除了她自己以外，從來不准別人打開。她在箱子裡收藏著，從她母親那裡繼承來的遺物，和她自己特別心愛的一些東西。

現在，少年看得很清楚，衣箱的箱蓋確實是打開的。他心裡非常害怕，深怕是小偷溜進屋子裡。而且小偷說不定會突然出現在他的面前。

然後，他更仔細一看，發現在箱子邊緣坐著一個小精靈。小精靈比一個手掌還小，有著一張布滿皺紋的臉，臉上卻沒有一根鬍子。他穿著黑色的外套、齊膝的短褲，頭上戴著帽沿很寬的黑色帽子。

少年覺得非常驚奇，但是他的膽子還沒那麼大，不敢用手去碰小精靈。他朝屋子裡四處張望，最後目光落在窗框上掛著的一個捕蟲網上。他馬上衝過去，把捕蟲網給取下來，然後跑到衣箱旁邊，快速的把小精靈給罩住。

小精靈苦苦的哀求少年放掉他。他說：「如果你肯放了我，我就送給你一枚古銀幣、一個銀勺子和一枚金幣！」

少年很快就答應這筆交易，把捕蟲網抬了起來，可是正當小精靈要爬出來的時候，少年突然轉念一想，覺得自己應該可以得到更多的好處才對，便將捕蟲網一晃，想把小精靈再罩進去。

可是就在這時，少年的臉上挨了一記重重的耳光，他只覺得自己的頭快要被震暈，便倒在地上失去意識了。

當少年清醒過來的時候，屋裡就只剩下他自己一個人了，小精靈早已不見蹤影。奇怪的是，當他朝著桌子走過去的時候，比往常多走了好長的路才能走到桌邊。那把椅子也比剛才大上許多。

他必須先爬上椅子腳之間的橫桿上，才能爬上椅子的座位。而且，如果他不爬上椅子的扶手，就看不見桌子的桌面。那本《聖經》還攤在桌上，可是它實在是太大了，少年必須站到書上面去，才能讀到完整的經文。

少年抬起頭來，看見桌上的一面鏡子，裡面有一個嬌小的小人兒，頭上戴著一頂尖頂小帽，穿著皮褲子。「**哇！這個人和我的打扮竟然一模一樣。**」他吃驚的喊道。只不過看著、看著，少年終於明白過來，原來鏡子裡的小人兒，不是別人，就是他自己。因為小精靈在他的身上施展了奇妙的魔法。

少年難以置信，自己竟然變成一個小人兒。他很慌張，而且他突然想到，必須要找到小精靈，向他道歉、請求他的原諒才行。

少年爬下椅子開始尋找。櫃子後面、椅子底下和床底下、爐灶裡，甚至是老鼠洞，但是都沒有小精靈的蹤影。

少年一邊尋找，一邊難過的哭泣。他發誓從此以後不會再說話不算話，也不會再調皮搗蛋，更不會在讀經文的時候睡著了。只要能重新變回正常人，他一定要做一個誠實又善良的好孩子。可是不管他心裡再怎麼許願，還是一點用處也沒有！

少年忽然之間想起，以前曾經聽媽媽說過，小精靈常常住在牛棚裡。於是，他趕緊來到外面院子。

一隻灰麻雀見到少年，大聲喊道：「唧唧！唧唧！快來看拇指大的小人兒尼爾斯．豪格爾森！」

院子裡的雞和鵝紛紛跑過來，盯著少年看。「喔喔喔！」公雞叫著說，「他真是活該，以前他還曾經扯過我的雞冠。」母雞們把他團團圍住說：「咕咕咕！你活該！咕咕咕！你活該！」大鵝們把頭伸過來問：「是誰把他變成這樣？是誰把他變成這樣？」

少年跑到大貓面前問：「親愛的貓咪，請問在哪裡可以找到小精靈？」大貓坐了下來，優雅的把尾巴捲到腿前盤成一個圈。「我當然知道小精靈住在什麼地方，」他低聲的說：「但這並不代表我願意告訴你。」

「親愛的大貓咪，請你一定要幫幫我！」少年懇求道。

「你以前常欺負我，難道我還要幫你嗎？」貓咪揶揄的說。

少年來到牛棚，牛棚裡有三頭乳牛。「哞！哞！哞！」三頭被少年欺負過的乳牛一起叫喊起來。

「你做過那麼多的壞事，我要讓你嘗到苦頭！」其中一頭叫五月玫瑰的乳牛怒吼道：「有多少次，你在你媽媽擠奶時，抽走她坐的小凳子！有多少次，你趁著媽媽提牛奶桶走過的時候，故意伸出腳絆倒她！又有多少次，你讓她為了你而生氣，還難過得掉眼淚！」

聽完這些話，少年垂頭喪氣的從牛棚裡走出來，他知道，農莊裡是不會有人願意幫助他的。而且就算他找到小精靈，說不定也還是不能夠變回來。

少年心裡想，如果爸爸和媽媽從教堂回來，看到他現在的樣子，一定會嚇一大跳。村莊裡所有的人，也會來看他這奇怪的模樣。他越想，心裡越覺得緊張，他真希望不會有任何人看到他的這副怪模樣。少年的心裡漸漸明白，如果他沒辦法變回人的話，他將失去未來可能的一切：他將再也不能和別的孩子們一起玩耍，也不能繼承爸媽的小農莊，更找不到會願意嫁給他的女孩子。

少年爬上圍繞在農莊四周，那堵厚厚的石頭圍牆，坐在上面。天氣晴朗，天空一片蔚藍，小河流水淙淙，樹枝上的綠芽悄悄綻放，小鳥嘰嘰喳喳的啼叫著。一群大雁在高空中展翅飛翔，隱約能聽到他們在喊著：「加把勁飛向高山！加把勁飛向高山！」

大雁們從天上俯衝下來，對著在院子裡悠閒散步的家鵝們聲聲的呼喚：

「跟我們一起來吧！一起飛向高山！」

這時候，一隻年輕的白色雄鵝回應說：「等一下，我來啦！」便張開翅膀，飛向空中，結果卻掉了下來。「等等我！等等我！」白鵝喊道，又再一次試著拍動翅膀。

坐在石頭圍牆上的少年看得一清二楚，他知道，要是爸爸、媽媽回來，看見雄鵝不見了，一定會非常傷心。於是，他趕緊從牆頭上跳下來，跳到雄鵝的身上，用雙手緊緊的摟著雄鵝的脖子。雄鵝展開翅膀，順利的飛上了天空。少年必須兩手緊緊的抓住雄鵝的羽毛，免得自己摔下去。

第二章　大雁阿卡

跟隨大雁們一起在天空飛翔的雄鵝，一開始感到非常興奮，滿臉笑容的飛著，可是到了下午，雄鵝已經感到相當疲倦了。他不斷拍打著翅膀，但還是遠遠的落在大雁群之後。

飛在雁群隊伍最後面的一隻大雁，發現雄鵝快要跟不上大家，急忙向飛在最前面的領頭雁叫道：「大雪山來的阿卡，白鵝脫隊啦！」

領頭雁回答：「告訴他，飛快一點比慢慢飛還要來的省力。」

雄鵝拼了命的用力拍打翅膀，可是身體依舊不聽使喚的沉沉往下墜，他幾乎要筋疲力盡了。

飛在最後面的大雁又喊道：「大雪山來的阿卡，白鵝要掉下去啦！」

領頭雁阿卡回答：「告訴他，飛得高比飛得低還要來的省力。」

雄鵝盡力想要飛得再高一些，可是他早已經累得喘不過氣，心臟激烈的跳

動著，就快要支撐不下去了！

後面的大雁又叫了起來：「阿卡！阿卡！」

領頭雁阿卡生氣的說：「告訴他，跟不上我們的話，就自己回家去！」

雄鵝非常懊惱，因為他渴望向雁群證明，一隻家鵝也能像他們一樣長途旅行。他也聽說過年紀最長的領頭雁阿卡，因為阿卡在這一帶非常的有名。雄鵝不想讓阿卡看扁自己，他想要展現自己的飛行能力給雁群看看。想著想著，惱怒的雄鵝竟然因此力氣倍增，能夠追上飛在前頭的大雁群了。

太陽即將下山，雁群趕緊往下飛。少年和雄鵝跟著大雁們，一起降落在一座湖的岸邊。

「這麼說，我們要在這裡過夜囉？」少年從雄鵝的背上跳下來。

這是一座非常遼闊的湖泊，名字叫做維姆布湖。湖面上，覆蓋著一層稍微融化的冰層，冰層上，滿布著裂紋和孔洞，而且已經與湖岸分開。湖的對岸是一大片的松樹林，樹冠下面還殘存著厚厚的積雪，凍得像堅硬的冰一樣。這裡的所有景色，都散發出一股冬天凜冽逼人的寒冷氣息。

少年在這冰天雪地的荒原上，肚子餓得咕嚕直叫，因為他已經一整天沒有吃東西了。此時，饑餓、寒冷與恐懼一陣陣向他襲來，剛才在空中飛行時的那股興奮感，也已經消失殆盡了。

但是，少年看到雄鵝的情況比自己還要糟糕。他癱軟的趴在降落的地方，一動也不動，雙眼緊閉著，氣若游絲，非常的虛弱。

少年以前對待動物非常粗暴，對雄鵝也是這樣。但是，此時此刻，雄鵝是他唯一的依靠，少年非常害怕會失去他。少年使盡力氣的拉著、推著，費了九牛二虎之力，才終於把雄鵝推到水邊。

雄鵝把頭伸進湖裡喝水，慢慢恢復元氣。大雁們也來到湖面上，但是，他們並沒有理會雄鵝和少年，只是專心的游泳和覓食。

雄鵝一眼便看到水裡有一條小鱸魚，很快的就把魚給捉住，然後游到岸邊，將魚放在少年的身邊。

「這是送給你的禮物，尼爾斯，謝謝你救了我。」雄鵝真誠的說。

這是少年在這一整天裡面，聽到的第一句感謝的話，心裡頭頓時覺得溫暖起來，他好想緊緊的抱住雄鵝，可是卻沒勇氣這樣做。

少年很高興得到這個禮物，他用隨身攜帶的小刀把魚鱗刮乾淨，再將內臟挖出來，很快就把那條魚給吃光了。

等少年吃完以後，雄鵝告訴他：「那是一群驕傲的大雁，他們看不起我們這些家禽。如果我能跟著他們一起飛到最北邊的拉普蘭的話，就能讓他們知道，一隻家鵝也是可以在天空展翅高飛的。」雄鵝繼續說著，「大拇指，我想問你，你願意和我一起去那裡嗎？」

「可是，我想要早一點回到爸爸、媽媽的身邊去。」少年為難的說。

「等到了秋天，我一定把你送回去。」雄鵝懇求的說。

少年想，或許過一段時間再回去見爸爸、媽媽也好。正當他要答應雄鵝提出的懇求時，就聽見背後傳來翅膀拍動的響聲。原來，是領頭雁阿卡帶著大雁們飛過來了。

「白鵝，你為什麼想要參與我們大雁的飛行呢？」領頭雁阿卡問道。

「因為我想讓你們見識到，一隻家鵝也是可以像你們大雁一樣，翱翔天際。」雄鵝充滿自信的說。

「白鵝，你的回答很勇敢，我相信，你一定可以成為我們的好旅伴。你就跟著我們吧！」領頭雁阿卡說：「不過，跟你在一起的這個小人兒是誰呀？」

「他叫做大拇指。」雄鵝急中生智的說。

「我不想要遮遮掩掩的。」少年說道：「我的名字叫尼爾斯．豪格爾森，本來，我都是待在家裡，只是今天早上……」

「我們不能容許有人類混進我們的隊伍。讓他馬上離開這裡！」領頭雁阿卡生氣的說。

「我用我的性命向你保證，他絕對不會傷害你們的！」雄鵝激動的說。

「好，那今天晚上就讓他暫時留下來。來吧！我們打算到浮冰上去睡上一覺。」阿卡說。

雄鵝讓少年抱來一些乾草，再用嘴巴將少年拎起來，振翅飛到浮冰上。把乾草鋪好後，雄鵝用自己的翅膀將少年蓋住，翅膀底下既舒服又溫暖，少年很快就睡著了。

到了半夜，湖面上的冰層隨著風移動，和湖岸相連了起來。這時，有一隻名叫斯密爾的狐狸出來覓食，很快就發現睡在浮冰上的雁群。

他身手矯健的跳到浮冰上，當他快要接近雁群的時候，腳底下一滑，爪子在冰面上劃出惱人的聲響，大雁們立刻驚醒過來，一個個振翅飛向天空。

有一隻大雁還來不及飛起，斯密爾便迅速衝了上去，一口咬住她，轉身往陸地跑去。

這時，少年也驚醒過來，看見冰面上一片混亂。他看到一隻「小狗」叼著一隻大雁，從冰面上快速跑向湖岸，便明白發生這場混亂的原因。

少年隨即追上去，他要從「狗」的嘴巴裡救回那隻大雁。儘管現在是晚上，天空幽暗，但少年還是可以清楚看見冰面上的裂縫和孔洞。現在的尼爾斯，擁有一雙小精靈的夜視眼，在夜晚也能看見東西。

狐狸斯密爾奔跑上岸，向湖邊的斜坡上跑去，緊追在後頭的少年，邊跑邊大喊：「**快把大雁放下來！**」少年在斯密爾後面緊追不捨，他完全沒有考慮自己的安全，他想要向大雁們證明，他是可以幫助他們的。

少年終於追上狐狸斯密爾，他一把抓住狐狸的尾巴，使盡全力緊緊的抓著，雙腳用力踩住一棵山毛櫸樹的樹根。正當狐狸張開大嘴，想要咬住大雁的喉嚨的時候，少年用力一拉狐狸的尾巴，狐狸被這麼重重一甩，險些跌倒。

大雁趁著這個時候趕緊脫身，她用力的拍打翅膀向上飛去，但因為她一邊的翅膀受傷，所以只能搖搖晃晃的飛到湖面上。

斯密爾惱怒的向少年撲去，說：「**我要抓住你！**」

「**你休想。**」少年緊緊的抓住狐狸尾巴。

狐狸轉過頭想咬他的時候，少年便抓著牠的尾巴躲到另一邊去。狐狸就這樣一圈又一圈的打轉，少年拉著狐狸的尾巴不斷的閃躲，狐狸始終抓不到他。

就在這時候，少年看見旁邊的山毛櫸樹，它的樹枝正好伸向他這邊，他鬆手放開狐狸尾巴，跳到那棵樹的樹枝上。

少年坐在樹上冷得發抖，他的雙手被凍僵，連樹枝都快抓不住了。他很睏，但又不敢睡著，生怕睡著會摔下去。狐狸還蹲在樹下，等待時機。

天漸漸亮了，太陽緩緩升起，綻放出燦爛的光芒，驅趕了黑夜的恐怖，四周的一切都在這個時刻甦醒過來，大地恢復生機蓬勃的景象，萬物又開始忙碌了起來。

大雁們排著整齊的隊伍，從湖面飛上天空，他們飛得相當高，無論少年怎麼呼喊，他們都聽不到。少年傷心的哭了，此刻的他既惶恐又害怕。

突然，少年聽到有一個聲音在他的耳邊響起：「尼爾斯，只要有我在這裡，你就不用擔心害怕！」

一隻大雁飛進了樹林裡，她在樹枝底下飛得很慢、很慢，飛到了那棵小山毛櫸樹下。狐狸斯密爾發現，立刻撲過去，但怎樣也抓不到擅於飛翔的大雁。

沒過多久，又飛來一隻大雁，她飛的方式和前一隻一模一樣，只是飛得更低、更慢。斯密爾又向大雁撲去，這一次，斯密爾幾乎都快碰到大雁的腳掌了，可是大雁還是從容不迫的飛走了。

就這樣，大雁接二連三的飛來，斯密爾被耍弄得氣喘吁吁、頭暈眼花、疲憊不堪。突然，斯密爾想起他守候了一整夜的獵物，可是抬頭一看，小人兒早已不見蹤影。

第三章　大雁的生活

這幾天，在斯康奈平原上，發生一件怪事。有人在維姆布湖岸上的榛樹林裡，抓到一隻松鼠，便把這隻松鼠帶到附近的一個農莊裡。農莊上的人都很喜歡牠，還特別為牠修理好一個籠子，在籠子裡放了一碗牛奶和幾顆榛果。奇怪的是，這隻松鼠卻非常的不高興，在籠子裡生氣的又跳又叫，也完全不吃那些食物。但是人們並不在意，只說：「再過幾天，牠就會慢慢習慣的。」

這幾天，農莊裡的婦女們因為節日宴會的緣故，忙著在烤一大批的麵包。廚房裡是一幅忙進忙出的景象。有一位老奶奶，因為年紀大了，所以沒有去幫忙烤麵包。她坐在客廳裡，朝院子看去，竟然看見有一個小人兒，小心翼翼的從門口走進院子。他的身材比手掌還要小，穿著皮褲，戴著一頂尖頂小帽。

小人兒一走進院子，就往關著松鼠的籠子跑去。他爬上籠子，和松鼠嘰哩

咕嚕的說了好多話，然後就向院子的大門跑去。

過沒多久，小人兒又回來了。他的兩隻手裡拿著某樣東西，匆匆忙忙的跑向松鼠的籠子。他把手裡的東西交給松鼠之後，又爬了下來。

過了一陣子，小人兒又吧嗒吧嗒的跑回來。他的手裡拿著東西，那東西還吱吱的叫著。老奶奶這才恍然大悟，原來小人兒把松鼠的孩子們給找回來了。他把小松鼠帶給母松鼠，免得小松鼠們沒東西吃。

第二天，老奶奶把昨天發生的事告訴大家。大家去松鼠的籠子一看，便看到籠子裡，躺著四隻眼睛還沒有完全睜開的小松鼠，看樣子已經出生兩、三天了。

「我們做了一件不好的事，我們不應該這樣子對待動物。」農莊的主人說：「我們把牠們送回去榛樹林吧！讓牠們在那裡獲得原本就應該有的自由。」

兩、三天之後，又發生一件奇怪的事情。有一天早上，

在斯康奈東部飛來一群大雁，雁群裡還跟著一隻白鵝，牠們降落在離威特斯克弗萊大莊園附近的田野裡，正在尋覓食物。這時，有幾個小孩子走過來，負責看守的大雁呼啦一聲拍打著翅膀飛向高空，其餘的大雁得到信號後也都趕緊飛起來。但是那隻雄鵝卻還在田野裡悠閒的走來走去。

身材嬌小的小人兒趕緊躲到一片枯葉底下，而且還向雄鵝發出警告的聲音。但是雄鵝卻完全沒注意到，還是若無其事的到處閒逛。

孩子們穿越過田野，向雄鵝走來。這時，雄鵝才驚覺附近有人，慌張失措的跑來跑去，甚至忘記自己還會飛這件事。孩子們合力把雄鵝趕進一個坑洞裡，一把抓住他。

雄鵝拼命的呼喊著：「**救救我，大拇指！快點來救我！**」

躲在枯葉底下的小人兒看見這一切，趕緊爬出來，緊跟著孩子們走進一個峽谷，但奇怪的是，當他走出峽谷的時候，孩子們卻不見蹤影。幸好，他在一條小路上發現他們的足跡，於是加快腳步追了上去。

他跟著孩子們的足跡穿過森林，還看見雄鵝留在地上作為記號的白色鵝毛。小人兒走出森林，穿過田地，來到一座大莊園。他猜想，孩子們一定是把雄鵝帶到莊園裡。

小人兒看到的莊園是一座雄偉壯觀的老式建築。中間有一座大城堡，四周是平房，東邊有一道拱門。小人兒正在猶豫該往哪裡走的時候，看到有一位老師和一群男學生走了過來。

其中一個學生因為口渴，走到水桶邊，彎腰喝水。他的脖子上掛著一個植物標本罐，他順手把它放在地上，裡面放著採集的幾株花草。小人兒為了找尋雄鵝的下落，便鼓起勇氣跳進罐子裡。

學生喝完水之後，把罐子掛回脖子上。老師帶著學生參觀城堡，後來，這個學生又口渴了，當他跑去廚房喝水的時候，小人兒便趁機跳出標本罐，一溜煙的往廚房外跑去。他穿過花園，進入後院，跑過一棟雇工們住的小屋。忽然之間，他聽到鵝在喊叫的聲音，又在階梯上看到一根白色的鵝毛，知道雄鵝就在這裡！

房門被鎖起來，小人兒進不去。屋子裡，雄鵝的叫聲越來越大聲。在這樣危急的情況下，小人兒顧不了太多，便鼓起勇氣，使出全身的力氣「砰砰砰」的敲門。

一個小孩子來開了門，小人兒看見有一個女人緊緊的抓著雄鵝，正拿著剪刀要剪掉雄鵝的羽毛，讓雄鵝再也沒辦法飛走。原來，雄鵝就是被這個小孩子給抱回來的，他們想要在家裡飼養雄鵝。

這時，女人看見門口的小人兒。她從沒見過小精靈，所以看傻了眼，結果手一鬆，雄鵝立刻跑向門口，叼住小人兒，在臺階上張開翅膀飛向空中。

其實在大雁們戲弄狐狸的那一天，少年原本躺在一個廢棄的松鼠窩裡睡著了。傍晚時分，他醒了過來，心裡卻悶悶不樂，因為他想著，自己就要被送回家去了。爸爸、媽媽見到自己的這副奇怪模樣，一定會非常吃驚。

第二天一大早，大雁們沒有說要趕少年回家，照樣讓少年和雄鵝，參加每

天在空中繞一圈的例行飛行。雖然想念爸爸和媽媽，可是少年還是很慶幸能夠晚一點和他們見面。

大雁們飛到一片荒蕪的土地上去找草根，少年也跑到榛樹林裡，尋找去年秋天留下來的果實。年老的領頭雁阿卡，也一起幫少年尋找食物。終於，他們在野薔薇花叢中，發現幾顆野薔薇果。少年狼吞虎嚥的把果子給吃掉了。

大雁們在湖裡嬉戲，和雄鵝比賽誰游得快，一直玩到太陽下山。天黑，他們就睡覺休息。「這樣的生活很適合我。起碼可以不用因為懶惰，被爸爸、媽媽責怪。」少年想：「可是也許明天，我就要被大雁們趕回家去了。」

到了星期三，大雁們似乎還是沒有要把少年趕回去的意思。星期三就和星期二的生活一樣，少年也對野外的生活更加適應了。

星期四，大雁和少年照例出來尋找食物。領頭雁阿卡幫少年找到葛縷子果實。少年吃完後，阿卡提醒他，像他這樣矮小的小人兒，必須要多多注意、小心提防敵人才行。

阿卡告訴他，在森林裡走動的時候，要特別提防狐狸和水貂；到湖岸邊去，要留意水獺；在石頭牆上坐著的時候，要小心鼬鼠；在樹葉上睡覺的時候，要先查看底下有沒有藏著蝮蛇；在開闊空曠的地方，要時時注意空中的老鷹；對喜鵲和烏鴉，也不可掉以輕心；當天黑的時候，就要仔細聆聽附近有沒有大貓頭鷹飛過來的聲音。

少年問阿卡，到底要怎麼做，才可以避開這些危險？阿卡說，只要他好好的認識森林和田野中的小動物們，像是兔子、松鼠、山雀、白頭翁、啄木鳥和雲雀，和他們成為好朋友，當遇到危險的時候，他們就會發出警告的聲音，齊心協力的保護少年。

星期四一整天，少年心裡都在想，大雁們之所以不帶他到拉普蘭去，一定是因為知道他以前調皮搗蛋的事情。所以當天晚上，他聽說松鼠希爾萊的妻子被人類抓走，松鼠的孩子們都快要餓死的時候，就趕緊去幫助他們。

星期五，在森林裡，少年聽見每一棵灌木叢裡，都有蒼頭燕雀在唱歌，唱的內容便是關於松鼠希爾萊的妻子，怎樣被強盜擄去，留下四隻嗷嗷待哺的小松鼠，小人兒又如何英勇的把小松鼠們送到母松鼠的身邊。

少年心裡也知道，大雁們都有聽見這些歌，但是一整天過去了，大雁們還是沒有告訴少年，願意讓他待在雁群裡的話。

星期六早晨，大雁們到田野裡覓食的時候，狐狸斯密爾早已虎視眈眈的等候在那裡了。他讓大雁們不能安心的尋找食物，於是阿卡便帶著雁群，一口氣飛了幾十公里，一直飛到威特斯克弗萊大莊園一帶才降落。就是在這個地方，雄鵝被一群小孩子擄走，幸好少年即時將雄鵝搶救出來。

少年和雁群在星期六的晚上，一起返回維姆布湖，他覺得自己今天的表現好極了，大雁們也大大的誇獎少年一番，但還是沒提到要讓少年加入雁群。

星期天到了，這一天，領頭雁阿卡率領著雁群排成一列長隊，向少年走來。他們停下來後，阿卡便開口說：「大拇指，你從狐狸斯密爾的魔爪裡救出了一隻大雁，所以，我們也做了一件事情來回報你。我已經派人去找過對你施展魔法的小精靈，剛開始，小精靈根本不願意接受將你重新變回人的建議。但是我一直派人去告訴小精靈，你在我們身邊立下哪些功勞，最後，小精靈終於答應我，只要你一回到家，就會重新變回原本的模樣。」

阿卡才剛說完，少年竟然就傷心的哭起來。少年心裡想，像這樣無憂無慮又快樂的好日子、那麼驚心動魄的冒險、完全沒有約束的自由、還有刺激有趣的高空飛行，這一切在回家之後，都要離自己遠去了。「我一點都不想要重新變回人！」少年哭喊著說：「**我只想要跟你們一起到拉普蘭去！**」

「大拇指，聽我的話吧！」阿卡勸慰著說：「小精靈的脾氣很不好，如果這一次你不接受他的好意，說不定下次再去求他，他就不會答應了。」

「可是，我就是想要跟你們一起去拉普蘭嘛！」少年大聲的說：「就是因為這樣，我才乖乖守了一整個星期的規矩！」

「好吧！既然你這麼堅持，那你就留下來吧！」阿卡說道。

「謝謝！」少年滿心歡喜的回答，他甚至高興的流下眼淚。

第四章　古城堡風波

在斯康奈平原的南部，矗立著一座名為格里敏大樓的古城堡。這是一幢既高大又堅固的岩石建築，有四層樓高，外觀看來非常的巍峨壯觀，從十幾公里外的平原上，就能一眼望見它。

但是這座由岩石砌成的城堡，內部陰暗寒冷，居民們無法忍受，都搬遷到陽光充足的住宅去了。不過，在這座城堡裡，還是有許多動物居住在裡面。

每年夏天，一對白鸛夫婦都會固定在屋簷底下築巢居住。在頂樓，住著一對貓頭鷹；在黑暗的走廊裡，居住著蝙蝠。在廚房的爐灶中，住著一隻年紀很大的貓；而在地窖裡面，則有幾百隻已經在那裡住了許多年的黑老鼠。

黑老鼠曾經是一個數量眾多、勢力強大的種族，但現在，卻是每況愈下，甚至幾乎到了種族滅絕的地步。讓他們瀕臨絕境的不是別人，正是他們的近親族類——灰老鼠。

很久以前，灰老鼠的祖先們搭乘一艘駁船，來到瑞典南部的瑪爾默。當時，他們只是一群無家可歸、飢腸轆轆的可憐老鼠。不過，因為他們吃苦耐勞，可以過艱苦的生活，所以幾年之後，他們的勢力慢慢的壯大起來。

當時，灰老鼠先是把黑老鼠驅逐出瑪爾默地區，並且從黑老鼠手中奪走閣樓、地窖和倉庫，使得黑老鼠不是因缺乏糧食而餓死、就是被他們給咬死。之後，灰老鼠又占領更多的地方，黑老鼠被逼趕得幾乎走投無路。

在整片斯康奈平原上，已經沒有黑老鼠的容身之處，現在他們唯一的棲身地，就只剩下格里敏大樓了。

現在的格里敏大樓，被人類當做堆放糧食的倉庫，所以住在周圍的灰老鼠仍然覬覦著這座城堡。他們虎視眈眈的等待時機，想一舉攻下格里敏大樓。

這天一大清早，在維姆布湖上空，鶴群的叫聲在空中迴盪著：「**咯噠噠！咯噠噠！**明天在庫拉山上舉行鶴之舞表演大會，歡迎大雁阿卡和她的雁群蒞臨觀賞！」

阿卡仰起頭來說：「謝謝你們的邀請！謝謝！」

大雁們聽到這個消息，都覺得非常興奮，他們對雄鵝說：「白鵝，你真幸運，因為你能親眼看到鶴之舞表演大會！」

「那大拇指呢？如果灰鶴不讓大拇指參加表演大會，那我情願留下來陪他！」雄鵝說道。

「可是到目前為止，還沒有任何人類，曾經被允許參加庫拉山的動物集會。」阿卡說：「我們再想想辦法吧！」

少年因為不能參加表演大會，一直悶悶不樂，他好想告訴阿卡，自己真的很渴望參加這場動物們的盛會。

少年想了很久，傍晚，他來到大雁們覓食的石頭牆邊。當他正想要向阿卡說出自己的想法時，突然看見遠方有一大隊聲勢浩大的灰老鼠部隊，飛速的向前奔跑，他們的數量之多，簡直無法計算。

這時，有一隻白鸛飛到大雁群中間，阿卡一看見，便連忙上前鞠躬致意。

「請問你們是否有看見一大群灰老鼠，向格里敏大樓跑去？」白鶴問道。

阿卡點點頭說，他們都有看見那群壞老鼠。

「唉呀！今天晚上，格里敏大樓就要落入這群灰老鼠的手中啦！」白鶴嘆了一口氣，無可奈何的說。

「為什麼會是在今天夜裡呢？」阿卡問道。

「因為現在，格里敏大樓的黑老鼠都去庫拉山看表演了。」白鶴說：「大樓裡只剩下一些年邁的黑老鼠在看家。」

「不用擔心，我一定要阻止這場卑鄙的掠奪行為！」阿卡義憤填膺的說。

阿卡轉頭對大雁們說：「你們先飛回維姆布湖。我要帶大拇指飛到格里敏大樓，大拇指有一雙很好的夜視眼，而且在夜裡不會睡著，一定可以幫助我。」

白鶴說：「謝謝你們，我先飛回格里敏大樓，去通知那裡的黑老鼠朋友，告訴他們，大雁阿卡和大拇指就要來救他們了。」說完後，白鶴便急急忙忙飛走了。

很快的，阿卡和少年也來到格里敏大樓屋頂上的白鸛窩巢裡。在這裡，還有兩隻貓頭鷹、一隻老貓和十幾隻年邁的黑老鼠。所有的黑老鼠都沉浸在深深的絕望中，靜默不語。

阿卡非常鎮定的向大家說：「事情並沒有大家所想的那麼糟。現在，我需要貓頭鷹夫婦去幫我傳遞訊息。」

阿卡讓公貓頭鷹去庫拉山找黑老鼠們，通知他們趕緊回格里敏大樓來；又派母貓頭鷹去草鴞那裡，執行一項祕密的任務。

午夜時分，灰老鼠們找到一個可以通往地窖的通道。他們一個踩著一個的肩膀，往牆壁上的通道口爬，然後一個接一個的往上疊，進到伸手不見五指的地窖裡面。他們一面走，一面聆聽周圍的動靜，注意是否有黑老鼠在附近。

灰老鼠們很快就在牆壁上，找到黑老鼠用來爬到樓上的通道。灰老鼠爬上第一層樓，才剛一進門，地上堆著的穀物香氣就撲鼻而來。占領這一層樓後，灰老鼠們還不敢馬上享用美食，而是繼續小心翼翼的向第二層樓前進。在第二層樓，依舊沒有見到任何黑老鼠，於是他們開始爬上第三層樓。第三層樓也跟城堡裡的其他房間一樣，陰森寒冷、空空蕩蕩。

就在這時，母貓頭鷹飛回來了，她把阿卡叫醒，並且告訴阿卡，草鴞已經答應她的求助，並且交給她一樣東西。

灰老鼠們把整座城堡的裡裡外外，都仔細搜索過一遍，確認沒有任何黑老鼠在，他們才放下心來，迫不及待的跑向那一堆堆香氣迷人的穀物。

正當灰老鼠們剛把穀粒放進嘴裡的時候，從樓下的院子裡，傳來口笛發出的奇怪聲音。灰老鼠一個個從穀堆中抬起頭來。聽了口笛尖銳又刺耳的聲響，灰老鼠們全部扔掉手上的穀物，跑出地窖，往外奔去。口笛聲一次次的響起，灰老鼠們爭先恐後的跑著，你踩我、我踩你，亂成了一團。

在院子中央，站著一個小人兒，吹著口笛。在他的四周圍，已經擠滿一大群的灰老鼠，他們個個如痴如醉的聽著口笛聲。小人兒一直吹著笛子，直到所有灰老鼠都從城堡裡出來之後，便轉身走出院子，向通往田野的大路走去。

小人兒走在最前面，他故意領著灰老鼠們在路上兜圈子，還特別挑難走的路走。爬過山坡、穿過山谷，灰老鼠們仍然緊跟不捨。

小人兒吹的這支口笛，是草鴞在一間大教堂的窗龕裡發現的，當草鴞拿去給渡鴉看時，渡鴉說，這支口笛是專門捕捉老鼠和田鼠的人類製造的。因為渡鴉是阿卡的好朋友，所以阿卡才會知道有這支神奇的口笛。

口笛的聲音充滿魔力，小人兒從星光閃閃時吹起，一直吹到太陽緩緩升起。龐大的灰老鼠隊伍浩浩蕩蕩的跟在他後面，離城堡越來越遠。

第五章 鶴之舞表演大會

庫拉山的山勢不高，山坡低矮，地形狹長，上面的樹林和田地縱橫交錯，也有一些沼澤地和光禿禿的山崗。但是，只要一走到山頂的邊緣，順著陡峭的懸崖向下看去，就會發現許多值得觀賞的美景。峭壁底下就是洶湧澎湃的大海，海浪侵襲拍打著懸崖的岩壁，雕塑出各式各樣的岩石形狀。在這些懸崖峭壁上，爬滿許多藤蔓植物，並且緊貼在山崖上。懸崖上也有一些樹木，樹幹緊貼在地面上，樹冠好像一片圓形的拱頂。

每一次遊藝大會開始之前，馬鹿、麋鹿、山兔和狐狸等動物，為了避開人類的注意，在前一天夜裡，就會先來到庫拉山上。

動物們來到遊藝場地之後，便蹲坐在四周的圓形山丘上，按照種類的不同分別聚在一塊兒。這一天，任何一隻動物都不用擔心自己會被其他動物攻擊，因為這是自古以來承襲下來的傳統。

突然，動物們注意到，平原的上空飄來一朵朵的雲彩。可是當雲彩飄到遊藝場上空的時候，就停下來不動了，而且發出清脆的鳥叫聲。聲調悅耳，此起彼伏，久久不絕於耳。整片雲彩慢慢的降落到山丘上，轉眼之間，山丘上便布滿漂亮的鳥兒們，他們是五彩斑斕的雲雀、燕雀、紫翅椋鳥和山雀。

接著，又有一朵烏雲從平原的上空飄來。這一大片的烏雲遮天蔽日，甚至連太陽都被遮蓋起來。原來這是一群麻雀，他們像是傾盆大雨一樣，嘩啦啦的撒落在一座山丘上。好一會兒之後，天空才重見陽光。

隨後，又有來自四面八方、各式各樣的鳥兒們聚集在一起，像是一片片沉重又灰濛濛的雲層，帶著銳利、刺耳的叫聲飛來。原來是一群烏鴉、寒鴉、渡鴉和禿鼻烏鴉。

阿卡所帶領的雁群卻遲遲沒有到來。阿卡一大清早就飛出去找大拇指，後來是白鸛發現大拇指的蹤跡，把他帶回了城堡。大拇指和白鸛也成了好朋友。為了報答大拇指的努力和付出，白鸛決定帶他一起去參加庫拉山上的鶴之舞表演大會。少年從來沒有那麼高興和興奮過。

大雁們在保留給他們的山丘上降落，遊藝表演由烏鴉的飛行舞開始。烏鴉們分成兩群，面對面的飛行，當交會在一起的時候，又轉身折返飛回。

烏鴉一跳完，就輪到山兔們上場。他們蜂擁而上，沒有整齊的隊形，有時候是單獨表演，有時候是三、四個一起跑。他們一邊跑，一邊做著各種奇特的動作。有的旋轉，有的拍打胸部，有的翻筋斗，非常滑稽有趣。

山兔們表演完後，輪到松雞們上場表演。松雞鼓起全身的羽毛，垂下翅膀，又翹起尾巴，伸長脖子，憋住氣，從喉嚨深處發出深沉渾厚的鳴啼：「喔呀！喔呀！」然後又細細的唱著：「嘻嘻！嘻嘻！多麼好聽！嘻嘻！嘻嘻！多麼好聽！」松雞們全都陶醉在自己美妙的歌聲當中。

當表演正如火如荼進行的時候，發生了一件意外的插曲。原來是狡猾的狐狸斯密爾，趁機潛入大雁們聚集的山丘上。有一隻大雁無意間發現斯密爾，便發出警告的呼喊：「**夥伴們，有狐狸啊！**」斯密爾朝大雁撲了過去，隨即咬住她的脖子。

狐狸斯密爾為了報復，公然襲擊大雁阿卡的雁群。但是，他也因為破壞遊藝會的古老規定，而遭到嚴厲的懲罰和處分。斯密爾將要被永遠驅逐出狐狸族群。輩分最高的老狐狸撲向斯密爾，把他的右耳給咬下來，為的是讓斯康奈境內的狐狸們都知道，斯密爾已經遭到放逐，並被剝奪一切原有的權利。周圍年輕的狐狸們也跑上前要攻擊斯密爾，斯密爾狼狽不堪的閃躲開，忿忿不平的逃離庫拉山。

松雞們的表演結束，換馬鹿們上場演出，

表演他們最擅長的角力。有好幾對馬鹿同時進行這場競技表演。他們渾身都充滿力量，用頭上的鹿角劈劈啪啪的互相撞擊，鹿角和鹿角交叉糾纏在一起，嘴裡「**呼哧呼哧**」的吐著熱氣，腳下的塵土飛揚。

當馬鹿們的角力表演結束時，有道聲音從一邊的山丘傳到另一邊的山丘：「各位，大鶴的表演要開始啦！大鶴的表演要開始啦！」山丘上的動物們立刻安靜下來，抬起頭等待著大鶴的到來。

身上圍繞著紫紅色雲霞光彩的大鶴們，一一飛到場上。他們極其美麗，翅膀上有著柔順漂亮的羽毛，脖子上圍了一圈朱紅色的短毛，腿長頸細，頭小身大。大鶴們從山丘上優雅的飛落，一次次旋轉著身體，翩翩起舞，在五彩的暮色中，曼妙的舞動著許多姿態與動作，全身散發出一股迷人的氛圍。

所有的動物看著、看著，內心充滿感動，讓他們想要從地面上飛起來，渴望飛到那無垠的太空中，去尋求永恆的奧祕，甚至希望從笨重的身體裡解放出來，飛向那讓人無限憧憬的美妙天國。

第六章　在下雨天

結束了在庫拉山的停留後，阿卡和她的大雁們接著向北飛行。天空下著滂沱大雨，這是他們旅途中的第一場大雨。少年坐在雄鵝的背上，已經淋了好幾個小時的雨，全身都濕透了，冷得他瑟瑟發抖。

從空中的雲層往下看，就像是一桶又一桶的水，同時間一起往下倒，一陣陣的大雨傾瀉而下。

當第一場春雨下到地面上的時候，所有的鳥兒都歡呼雀躍的說：「下雨囉！下雨囉！雨水帶來了春天，春天使草木生長，草木送來了昆蟲，昆蟲是我們的食物！」

大雁們飛過種著花生的田地，便叫喚著：「花生田，花生田，快醒醒！花生田，快醒醒！春雨已經來把你們喚醒，快點長大，快點長大！」

大雁們飛過大花園，就得意的大聲呼喊著：「我們送來了銀蓮花，我們送

來了玫瑰花，我們送來了蘋果花，我們送來了櫻桃花！我們送來了豌豆和腰豆！我們送來了蘿蔔和白菜！」

天色越來越陰沉，雨點沉重的敲打著大雁們的翅膀。大地上雨霧濛濛，高山、湖泊和森林融合成一幅迷迷濛濛的水彩畫。大雁們越飛越慢，少年也凍得快受不了了。

到了傍晚，大雁們在一塊大沼澤地中央的一棵松樹下降落。少年在附近找了一些野紅莓來填飽肚子。晚上，黑暗籠罩一切，大地一片漆黑，什麼也看不見。寂靜的荒野讓人感到害怕。少年躲在雄鵝的翅膀底下，身上濕漉漉的，冰冷又難受，一直睡不著覺。

少年想，我可以到村子裡找個地方暖暖身體，再去吃一點熱呼呼的飯，然後在日出之前，趕回大雁們這裡。於是，少年從雄鵝的翅膀底下鑽出來，悄悄的走出沼澤地。

少年在雄鵝背上飛行的時候，曾經看見一座大村莊，所以，他往那個方向走去。走了一段時間，終於走到一座村莊的大街上。那條街很長，每一戶住家的院子緊鄰著另一個院子。

村民的房子是用木頭建造的，大門和窗框用油漆漆得閃亮，有的是紅色、有的是綠色、有的是藍色，非常漂亮。房子裡，不斷傳來人們的說話聲和歡笑聲。少年聽不清楚他們在說些什麼，但人的說話聲還是讓他感到那麼懷念和親切。同時，一直壓在他心裡頭的顧慮，又重新冒了出來。現在的他，不敢和人類接近，所以他害怕將會永遠被人們排斥在外。他怕人們看見他之後的反應，所以不敢去敲門、也不敢嘗試和人說話。

少年走過一家商店，在店鋪門口放著一台播種機。他忍不住好奇的爬到駕駛座上。坐定以後，少年便發出「突突突」的聲音，假裝自己正在開播種機。他在心裡面想，如果自己能夠開這樣一台漂亮的播種機，那該多好啊！可是當他想到自己現在的模樣，就忍不住傷心了起來。

少年走過郵局，想起各式各樣的報紙，報紙把每天的新聞送到人們的手上。當路過藥店和醫生的住家的時候，他覺得人類的力量真是偉大，竟然可以和疾病與死亡戰鬥。少年越是往前走，就越是想念人類的世界！

少年當初想要繼續做小精靈的時候，還不清楚自己將會失去什麼，而現在，他非常的害怕，擔心自己以後再也不能變回原來的模樣。他想，究竟要怎樣，才能再變回人呢？

這個時候，少年看見一隻大貓頭鷹降落在街邊一棵樹的樹枝上。一隻在屋簷底下的小貓頭鷹與他打招呼，說：「嘰咕咕！嘰咕咕！你回來啦？你在外面過得還好嗎？」

「謝謝你的關心，我最近過得還不錯！」大貓頭鷹回答道，「我出門在外的這段期間，有什麼有趣的事情發生嗎？」

「在斯康奈省發生一件怪事。有個少年被小精靈施了魔法，變成像松鼠一樣的小人兒。後來，少年就跟著一隻雄鵝飛到拉普蘭去了。」小貓頭鷹說道。

「真是奇怪！難道他就再也不能變回人了嗎？」大貓頭鷹問。

「那位小精靈說，只要少年能夠照顧好那隻雄鵝，讓他平安回到家的話，那麼……」

「那麼怎麼樣，快說給我聽聽吧！」

「我們飛到教堂的鐘樓上去吧！在大街上說不方便，我怕會有人偷聽。」

於是，兩隻貓頭鷹就一起飛走了。

少年興奮的高呼說：「只要我照顧好雄鵝，讓他平安無事的回家，我就可以重新變回人了！**太棒了！太棒了！我又可以重新變回人了！**」少年不再逗留，趕緊返回大雁們棲息的沼澤地去了。

第七章　斯密爾的陰謀

大雁們再度啟程，這次他們改變飛行方向，繞到布萊金厄省去。而不湊巧的是，狐狸斯密爾也正朝著這邊奔跑而來。他自從上次在庫拉山被放逐之後，就在北方省份的荒山野嶺裡四處流浪覓食，但直到現在，仍然沒有抓到任何可以填飽肚子的食物。斯密爾不由得怒火中燒，心裡頭痛恨著那一群大雁。

一天下午，斯密爾在羅納比河邊的荒涼森林裡獨自行走著，他猛一抬頭，便看見一群大雁在空中飛行，其中有一隻毛色是全白的，他的心裡一陣高興，明白自己該要做什麼了。

斯密爾緊追不捨的跟著大雁群，他要為上次在庫拉山的恥辱報仇雪恨，更何況，現在的他也餓得前胸貼後背，想要好好的飽餐一頓。

可是，大雁群選擇降落的地點，卻讓他感到絕望。原來，大雁們選擇了一

塊十分安全隱蔽的地方，斯密爾根本抓不到他們。

羅納比河的四周是筆直陡峭的懸崖，河道盤旋曲折，筆直的懸崖上生長著忍冬樹、山楂樹和稠李樹等樹木。大雁們在陡峭的懸崖底下，找到一片可以藏身的沙灘。他們的面前，是一條冰雪消融過後的湍急河流，他們的身後是一片懸岩峭壁，四面都是保護他們的屏障，他們可以安心的在這裡休息。

沒多久，大雁們就睡著了。而少年的心情卻久久不能平靜。因為，杳無人煙的荒野，讓他忍不住一直發抖，內心裡的恐懼一陣陣向他襲來。現在的他，渴望回到人類的世界裡去。但是當他一想到，如果沒有照顧好雄鵝的話，自己就不能重新變回人，少年就更加睡不著了。於是，他乾脆從雄鵝的翅膀底下鑽出來，坐在大雁群的旁邊。

斯密爾站在山坡上暗自想著：「這麼陡峭的山崖我爬不上去，這麼湍急的河流我渡不過去。這些大雁真是太精明了。我看，我還是趁早放棄捕捉他們算了。」斯密爾眼睜睜的看著眼前的大雁，卻沒辦法飽餐一頓，他摸一摸自己餓得嘰哩咕嚕叫的肚子，心裡實在憤怒難平，恨不得現在就將他們吃掉。

正當斯密爾生氣的時候，他聽見身邊的一棵松樹上，傳來一陣窸窸窣窣的聲響。他看見一隻紫貂正在松樹上快速追著一隻松鼠。那隻松鼠靈巧的在樹枝間穿來穿去，但紫貂卻能順著樹枝竄上跳下，就像跑在林間小徑上一樣敏捷。最後，松鼠果然沒能逃脫紫貂的利爪。

斯密爾往紫貂所在的那棵樹走過去，恭賀他成功捕獲獵物，還說了許多稱讚和吹捧的話。紫貂的外表雖然嬌小玲瓏、柔美優雅，卻是森林中心狠手辣、兇殘成性的獵人。

斯密爾和顏悅色的說：「像你這樣高明的獵人，怎麼會只滿足於抓一隻小

小的松鼠，卻把近在咫尺的美味給放過呢？我知道附近有一群大雁正在休息，該不會是你沒本事，所以才不去抓他們吧？」

「大雁？你見到大雁了嗎？」紫貂一個箭步衝到斯密爾面前，身上的毛一根根豎了起來，齜牙咧嘴的說：「他們在哪裡？快點告訴我！」

才一轉眼，紫貂已經順著絕壁往下奔去。斯密爾蹲在草叢中，看著紫貂扭動著如蛇一般的靈巧身軀，從一根樹枝縱身跳到另一根樹枝上。正當斯密爾高興的準備聽大雁們發出驚叫聲的時候，卻看到紫貂從一根樹枝上掉了下來，一個倒栽蔥，「**撲通**」一聲掉進河裡，濺起高高的水花。大雁們「啪啦啪啦」的拍動著翅膀，紛紛飛向空中，匆忙逃走了。

斯密爾蹲在岸邊，看到紫貂渾身濕透，淌著水從河裡爬上來，並且不時的用他那小爪子擦著頭。「哼！看來你也沒多厲害，竟然還會失足掉到河裡。」斯密爾輕蔑的說。

「我剛才明明已經爬到那棵樹上，想著要怎麼抓住大雁。沒想到，突然冒出一個和松鼠一樣大的小人兒，他拿石頭用力砸向我的頭，我就被打進河裡去了。我還來不及從河裡爬上來，那群大雁已經飛走了。」紫貂為自己辯解道。

斯密爾已經懶得聽紫貂的辯解，馬上繼續追趕大雁去了。

阿卡帶領雁群向南飛去，尋找新的宿營地。她沿著河流一直向前飛，飛到了尤爾坡瀑布。

河水是那麼的晶瑩剔透，就像水晶一般，水流在谷底撞個粉碎，變成無數發亮的水珠和泡沫飛濺開來。在瀑布中間有幾塊巨大的岩石，水流繞過它們，形成旋渦奔騰向前。瀑布周圍是陡坡峭壁，一旁的樹林茂盛。這是一個很好的宿營地，阿卡便帶領雁群在這裡降落休息。

雖然大雁們覺得，要在激流中的幾塊光滑潮濕的石頭上睡覺，不是很舒適，但是睡在這裡可以免受其他野獸的侵擾，安全的睡一覺，這樣一想，他們也就知足的睡下了。

大雁們很快就進入夢鄉，唯有少年心神不寧，還是睡不著覺，於是，他坐到了大雁群的旁邊，給雄鵝和大雁們當守衛。

斯密爾跟隨著大雁，沿著河岸跑來，但當他看見大雁們在水流湍急的大石頭上休息，心中更是惱恨。他知道這次又沒辦法抓住大雁了。但他仍舊不死心，狠狠的盯著大雁們。

就在這個時候，斯密爾看見一隻水獺，嘴裡叼著一條魚，從激流中浮上來。斯密爾趕緊跑過去，在離水獺幾步遠的河岸邊停下來。

「哼哼！你為什麼只捕魚吃呢？難道你沒看到，那邊的大石頭上有好幾隻大雁嗎？」斯密爾迫不及待的說。

「**斯密爾，你別想騙我！**我知道你只是想把這隻鱒魚騙到手，才會叫我去抓大雁的吧！」水獺生氣的說道。

「原來是你呀，格里佩。」斯密爾眉開眼笑的說：「我看是因為你的游泳功夫太差，沒辦法游到大雁那裡去，所以才會放棄捕捉肥美的大雁吧！」

這樣的話對膽量很大、而且游泳技術相當高超的水獺來說，簡直就是奇恥大辱。所以一聽到狐狸取笑他，他當然嚥不下這口氣。於是，被激怒的水獺便把嘴裡的魚給丟在地上，轉身從山坡上跳進河裡。

因為河流湍急，有好幾次，水獺都被漩渦捲走，沉入河底，但是他奮力的掙扎著，並且重新游到水面上來。終於，他從漩渦的側面游了過去，爬上石頭，慢慢的向大雁們靠近。

就在水獺快要爬到雁群身邊的時候，突然之間，水獺竟然仰面朝天的掉進水裡，任憑激流將他捲走了。緊接著，便聽到大雁們拍動翅膀的聲音，他們再次振翅高飛，繼續去尋找新的棲息地。

過了不久，水獺終於爬到岸上來。斯密爾譏笑他沒辦法抓住大雁們。水獺卻憤憤不平的說：「狐狸，我的游泳技術一點問題都沒有。而且，我已經爬到

大雁們的身邊了，但是當我要抓他們的時候，有一個小人兒跑過來，用一塊尖銳的鐵片在我的前爪上狠狠的刺了一下。那實在是太痛了，我因為站不穩，就跌到漩渦裡去了。」

沒等水獺的話說完，狐狸斯密爾就已經跑遠了，他繼續追趕著大雁們。

阿卡和她的雁群不得在夜晚再一次的飛行。她沿著那條波光粼粼的小河一直向南飛，飛過尤爾坡貴族莊園、飛過羅納比城那一大片黑漆漆的屋頂，飛過高聳的瀑布，一直沒有停下來。

在城市南面離大海不遠的地方，有一間大旅館和幾幢避暑別墅。到了冬天，那裡便沒有人居住，於是有一些鳥兒就在那裡休息，躲避冬天的風雪。

大雁們在一個陽臺上降落下來，很快的，大雁們就睡著了。此時，少年仍然沒有睡覺，而且也不願意鑽到雄鵝的翅膀底下去。

少年一點睡意都沒有，他面對著遼闊的大海，前方一覽無遺。睡不著的少年，便坐在這裡，觀賞著大海與陸地相連接的美麗景色。

在布萊金厄省，陸地本身分裂成許多岬角、島嶼和礁岩，而大海也自然的分割成海灣、岬灣和海峽。

一望無際的大海浩浩蕩蕩的捲起一層層洶湧的浪濤，將靠近陸地的礁石吞噬殆盡，把它們變得和自己一樣灰暗難看。但是越靠近陸地的地方，礁石也越來越密集，於是大海巨大的浪頭和浪濤緩和下來，把自己分成了很小的海峽和岬灣。到了與陸地相連接的地方，大海變得如此平靜、如此蔚藍，令人難以想像，它曾經是兇猛的波濤巨浪。

陸地上有一大片的農田、樺樹林，除此之外，還有層巒疊嶂的一道道山嶺。大海卻不斷的伸進來一個又一個的岬灣。陸地依舊若無其事的生長樹木，為它自己披上綠色的衣裳。可是岬灣不斷的加寬、加闊，沖裂泥土，於是陸地將連綿起伏的山坡丘陵修飾得平整，並向大海撒下許多島嶼。陸地生長著更高大的樹木，還有一大片的草地和鮮花。陸地的變化那麼大，以致於它也快認不出自己來了。

少年看著這裡的大自然景色是那麼的美妙，他的心情也跟著開朗起來。這時候，他突然聽見從旅館底下的花園裡，傳來一陣咆哮，少年站起來一看，原來是狐狸斯密爾追到這裡來了。當斯密爾發現，自己還是無法接近大雁群時，便惱怒的嚎叫了起來。

領頭雁阿卡聽到叫聲，驚醒過來。她聽出這是斯密爾的叫聲，便說：「斯密爾，又是你嗎？你為什麼要一直來攻擊我們？」

「沒錯，就是我斯密爾。」斯密爾回答：「你們對我今晚所做的所有安排，還滿意嗎？」

「斯密爾，難道紫貂和水獺，都是你叫他們來襲擊我們的？」阿卡問道。

「是呀！」斯密爾得意的說：「你們之前戲弄過我，現在，我就要用我的方式來回敬你們。只要你們還沒有落入我手中，我就要繼續追蹤下去，

直到抓到你們為止！」

「斯密爾，你有尖牙利爪，為什麼要逼害我們這些手無寸鐵的大雁呢？」阿卡歎息的說。

「阿卡，如果你知道我的厲害，就趕緊把小人兒交出來，這樣的話，我就放你們一條生路。」

「**你休想，我不可能會把大拇指交給你！**」阿卡斬釘截鐵的回答：「我們每一隻大雁，都願意為了保護大拇指，獻出我們的生命。」

斯密爾又嚎叫了幾聲，然後一切再度歸於平靜。

少年坐在陽臺上，他聽到阿卡的話。他怎麼也沒有想到，竟然有人願意為他犧牲生命。少年感到非常窩心，他開始發自內心的喜歡這群夥伴了。

第八章　綠頭鴨雅洛

歐姆山東邊是一片大沼澤地，沼澤地的東邊，則是陶庚湖，陶庚湖的四周就是一片平坦的大平原。

陶庚湖是一座很大、很大的湖。但是，人們總覺得這座湖占去太多肥沃的土地，因此他們試圖將水抽乾，在湖的底部種植糧食作物，但他們沒有成功。湖水經過排水之後，幾乎沒有一個地方的水深超過兩米。現在，湖岸上潮濕泥濘，湖中有一個個的小島露出水面。

但是，蘆葦在這裡長得非常茂盛，甚至長得比人還高，許多地方茂密得連小船都難以穿過。在陶庚湖的蘆葦叢中，住著數不清的鳥類，而且有越來越多的鳥聚集到這裡來。最先在這裡定居的是綠頭鴨，至今仍有上千隻，而且越來越多的天鵝、白冠雞、白嘴潛鳥等鳥類也來到這裡安家棲息。

陶庚湖無疑是瑞典最大、最出名的鳥湖。鳥類都為有這樣一個棲身的好地

方而感到幸福。但是，不知道他們在蘆葦叢和泥濘湖岸的棲息主權，還能維持多久，因為人們至今仍不時提出排乾湖水、種植糧食作物的計畫。一旦這些計畫開始實行，成千上萬的鳥兒就要被迫遷移。

在尼爾斯隨著大雁們周遊全國的時候，陶庚湖上住著一隻名叫雅洛的綠頭鴨，他剛剛從北非歸來。陶庚湖正值春寒料峭的季節，湖面上還結著一層冰。

一天晚上，他和另外幾隻小鴨，在湖面上互相追逐玩耍。一個獵人向他們開了幾槍，結果雅洛的胸部中彈，但他還是拼命的向遠處飛去。當他精疲力竭，再也飛不動的時候，他已經離開陶庚湖的上空，飛進內陸，最後落在湖畔一座大莊園的門口。

沒多久，一個年輕的長工正好從院子裡走過，看見雅洛，便走過去把他抱起來。長工發現雅洛還活著，便小心翼翼的把他抱回屋裡，給年輕溫柔的女主人看。女主人立即從長工手中接過雅洛，並且幫雅洛包紮好傷口，把他放在一個小籃子裡。

過了幾天，雅洛感覺身體好多了，便從籃子裡爬出來，在地板上來回走動著。幾天以後，雅洛已經康復，能夠在屋子裡飛來飛去了。

但是有天一大早，女主人在雅洛的身上套上一個繩圈，使他的翅膀不能拍動飛行，然後就把他交給那位在院子裡發現他的長工。長工把雅洛夾在腋下，就往陶庚湖去了。

雅洛養傷的期間，湖面上的冰已經融化完了。湖岸上和小島上，還有去年殘留下來的乾枯落葉，各種水生植物的綠色尖芽已經冒出水面，現在，差不多所有的候鳥都飛回來了。

長工帶著槍和獵狗賽薩爾，跳上一艘小駁船，將雅洛放在艙底，就開始把船划到湖面上。

長工把船划到一座四周被蘆葦包圍著的小泥島。他跳下船，在蘆葦後面躲起來。雅洛的翅膀上套著繩圈，由一根長長的繩子繫在船上，但還可以在小島上走動一段距離。

突然，雅洛看見幾隻以前曾和他在湖上戲水玩耍的小鴨。他們離雅洛還很遠，於是，雅洛向他們大聲呼叫了幾聲。他們也立刻作出回應，一大群美麗的野鴨向他飛過來。

就在這時，雅洛的身後傳來兩聲槍響，三隻野鴨應聲跌進蘆葦叢中，獵狗賽薩爾馬上奔跑出去，把野鴨給叼回來。

雅洛這時才完全明白，原來人類救他，只是要利用他來當作誘餌，而且他們也成功了，三隻野鴨因為雅洛，而喪失性命，他因此感到非常的羞愧。

第二天早晨，雅洛再次被帶到這片淺灘。這次，他又看見好幾隻野鴨。但是當雅洛發現，他們正向他飛來時，雅洛趕緊向他們喊道：「**小心！別過來！**有一個獵人正藏在蘆葦的後面，我只是一個誘餌！」雅洛終於成功的制止那些野鴨飛來，使他們免遭獵殺。

好幾天過去了，雅洛一直充當著鳥兒們的守衛，整座陶庚湖上的鳥都認識他了。有一天早晨，正當他像平時一樣的呼喊著：「小心啊，鳥兒們！不要靠近我！我只是一個誘餌！」的時候，竟然有一個鳥窩，朝他所在的淺灘漂過來。

本來，這也沒有什麼大驚小怪的，那只不過是去年的一個舊鳥窩。

但雅洛還是好奇的站在那裡，一動也不動的盯著這個鳥窩看。因為它筆直的朝著他所在的小島漂過來，就好像有人在上面掌舵一樣。

當鳥窩更加靠近淺灘的時候，雅洛發現，有一個他從未見過的小人兒坐在鳥窩裡，用小棍棒當作槳，朝他這裡划過來。小人兒向他喊道：「盡量靠近水邊，雅洛，做好起飛的準備，你很快就會獲救了！」

沒多久，鳥窩靠岸了，但是小人兒沒有下來，而是一動也不動的縮著身體，坐在鳥窩的樹枝和草稈中間。雅洛也站在那裡，幾乎一動也不動，他因為擔心來救他的小人兒會被發現，而緊張得動彈不得。

接著，又有一群大雁朝他們飛過來。雅洛從驚訝中恢復神志，大聲向大雁們發出警告，但是雁群卻沒有理會，在淺灘的上空來回飛了好幾次。他們飛得很高，長工卻忍不住對他們開了好幾槍。在槍聲響起時，少年飛快的跑上岸來，抽出一把小刀，三兩下就割破套在雅洛身上的繩圈。

「雅洛，在他重新裝彈之前趕快飛走！」小人兒叫道。他自己也迅速的跑回鳥窩，划離岸邊。

長工一直盯著天上的那群大雁，所以沒有發現雅洛已經被放走；但獵狗賽薩爾對剛才發生的事情，看得一清二楚。當雅洛剛要振翅起飛的時候，賽薩爾衝了上去，一口咬住他的脖子。

雅洛慘叫著，但剛剛為雅洛鬆綁的小人兒，極為鎮定的對賽薩爾說：「如果你真的像外表上看來，那樣正直的話，你肯定不願意讓一隻綠頭鴨，一直待在這裡當誘餌，害其他的鳥兒遭殃。」

賽薩爾聽了這些話以後，猙獰的笑了笑，但是過了一會兒，還是鬆口把雅洛放開了。「**飛走吧，雅洛！**」他說，「你實在太善良了，我們不應該讓你來當誘餌。而且，我也並不是因為想讓你當誘餌，才想把你留下來的，而是因為沒有你在家裡的話，這個家就太寂寞了。」

第九章　神祕的花園

第二天，大雁們飛過瑟姆蘭省的一座叫大尤爾嶼的古老莊園。莊園周圍有繁盛茂密的樹林環繞，四周是景色優美的園林。大雁們降落在莊園北面的一塊林間草地上，少年從雄鵝的背上下來，向那座古老的莊園跑去。

在莊園的一所農舍裡面，有一群人，圍坐在火爐邊取暖聊天。後來，一位老媽媽便講起一則鬼故事。

那位老媽媽年輕時，曾經在許多大戶人家裡當過女傭，見識過許多稀奇古怪的事情。她可以滔滔不絕的從晚上講到天亮。她說——

從前有一個名叫卡爾的人治理著瑟姆蘭省。有一次，他路過這裡，住在大尤爾嶼左面的一座別墅裡。一天，他吃完飯之後，走進花園，欣賞著花園裡的美妙景色。他不由得心曠神怡，被瑟姆蘭的美景給深深吸引住。就在這時，他聽到身後有人歎氣。回頭一看，原來是一名臨時的雇工。

「你為什麼要歎氣？」卡爾先生問道。

「我每天在這裡辛苦的工作，哪能不歎氣呢？」雇工回答說。

卡爾先生不喜歡聽雇工的抱怨，便說：「如果我能夠在瑟姆蘭省生活，即使叫我天天挖土種樹，我也一定心甘情願。」

雇工聽到以後，嘲弄的說：「那麼但願大人您的願望可以如願以償。」

卡爾先生因為許下這個願望，死後一直得不到安寧。每天晚上，他都要以幽靈的身分出現，到大尤爾嶼去挖土種樹。可是現在早已經沒有那座花園了，只剩下一座長滿樹木的山坡。但是，假如有人在夜晚走進森林裡去的話，或許還能遇見那座早已不存在的花園。

老媽媽講到這裡，突然停了下來，她指著屋裡的一個牆角一臉驚愕地說：

「**那邊好像有個東西在動！**」

「我昨天看到有隻老鼠在那邊鑽了一個洞，因為最近太忙，才一直沒時間把洞給堵上。」老媽媽的兒媳婦說道，「媽媽，請您繼續說下去吧！真的有人見到過那座花園嗎？」

老媽媽回答：「我的父親就親眼見到過一次。某一年夏天的一個夜晚，他步行穿過森林，突然看到前面有一座很高的花園圍牆。他放慢腳步，想仔細看看這座花園是從哪裡冒出來的。這時候，牆邊突然有一扇大門打開了，一個穿著圍裙、手拿鐵鍬的園丁走出來。他看了一眼這個園丁，園丁的下巴上留著一撮山羊鬍子。我的父親馬上就認出這個園丁就是卡爾先生，因為他以前在大莊園裡工作的時候，曾經看過卡爾先生的畫像。」

老媽媽講到這裡，又停下來，她似乎看到在老鼠洞的地方，有一個小人兒坐在那裡，專注的聽著她講故事，然而，他的身影忽然一閃而過，就不見了。

「媽媽，後來怎麼樣了？」兒媳婦催促道。

「今天就講到這裡吧！」老媽媽不願意再繼續講下去。

過了一會兒，少年跑出洞口，回森林裡去找大雁們。他覺得能在溫暖的屋子裡坐上幾個小時，真是美好的享受。

少年看到在大雁群旁邊，有一棵枝繁葉茂的雲杉樹。於是，他爬到上面找到一處舒適的枝葉，便躺了下來。可是他的心裡面，還是念念不忘老媽媽所說的那位卡爾先生。

忽然，他聽到身邊有一陣「吱吱呀呀」的聲響。少年頓時睡意全消，他揉揉眼睛往周圍望去。在他的身旁，竟然出現一堵高大的圍牆。一棵長滿果子的果樹枝條，從圍牆裡面伸出來。少年才發現，原來這正是那座神祕的花園。

一個年紀很大的園丁，把兩扇鐵柵欄門給打開。少年很快的從樹上爬下來，走到園丁的面前，禮貌的鞠了一個躬，表示問候。然後便問園丁，能不能到花園裡面去參觀走走。

「當然可以啊！」園丁粗聲粗氣的說道：「你跟我進來吧！」

在少年進了花園以後，園丁用笨重的大鎖，將鐵柵欄門牢牢的鎖上，並把鑰匙掛在腰帶上。

少年這時才仔細的看清楚園丁，他的臉上毫無表情、鼻子尖尖的、下巴上

還有一撮尖尖的山羊鬍子，他身上繫著一條藍色的工作圍裙，手裡拿著一把鐵鍬。

他們走在一條很窄的路上，少年一不小心走到旁邊的草地上，園丁一看見，立刻斥責少年，吩咐少年不准踩到小草。於是，少年一句話都不敢說，只能默默的跟著他走。

走沒多久，他們來到一幢小別墅的前面。這幢別墅有三層樓高，居高臨下，坐落在一座土丘的正中央，四周是花草蔥郁的綠色大草坪。別墅的前面，還有一道彎彎曲曲的小河，上面跨著一座座精緻的小橋。

「**哎，要是能進去看看就好了！**」少年感歎的說。

園丁停下腳步來，轉身說道：「這幢別墅叫做埃里克斯山莊。要是你想進去的話，就進去看看吧！不過你要小心，千萬不要惹平托巴夫人生氣！」

不等園丁的話說完，少年就迫不及待的向埃里克斯山莊跑了過去。他走過小橋，踩過草地，走進房子的大門。他看見腳下是打過蠟之後光滑明亮的橡木地板，上面是鏤刻著美麗圖案的雪白色石膏天花板，牆壁上掛著一幅幅精美的油畫，室內擺設了許多做工精緻的桌椅家具、一整櫃漂亮的書籍，還有熠熠生輝的珠寶。

少年快速的邊跑邊看，但他連別墅的一半都沒看完，出來的時候，園丁已經等到相當不耐煩了。

「你有沒有看見平托巴夫人？」園丁問道。

「我在裡面沒有見到任何人。」少年回答。

「為什麼？連平托巴夫人都可以休息，而我卻偏偏不能！」園丁吼道。少年從未聽過如此絕望、憤怒的喊叫聲。

隨後，園丁又邁開大步走在前面，少年奔跑著跟在後面，少年一邊跑，一邊努力的把花園的美麗景色盡收眼底。一會兒後，他們來到一座景致優美的小池塘，園丁稱這座池塘為博文湖。

園丁停下腳步，說：「這前面是霍爾姆莊園，你可以進去參觀。不過，你千萬要留意白衣女魂。」

少年馬上走了進去。屋內的牆壁上，掛著許多的肖像畫，簡直就像正在舉辦一場大型的畫展。他待在房子裡面流連忘返，真想整晚都留在這裡，欣賞這些繪畫傑作。但是，沒多久，園丁就在外面呼喚他。

「小人兒，快出來！」他大聲吶喊著：「我不能一直在這邊等你，我還有很多事情要做呢！」少年急忙跑出屋來。

「喂！我問你，你有見到白衣女魂嗎？」園丁朝少年問道。

「我在裡面連一個人影都沒有見到。」少年誠實的回答。

「連白衣女魂都可以休息，只有我偏偏不能！」園丁憤怒又絕望的吼著。

隨後，他們往花園的北邊走去。整座花園的湖中央有很多小島嶼，島上也種著許多奇花異草。一座氣派十足的教堂，就坐落在一座小島上，少年鼓起勇氣請求園丁讓他進去看看。

「可以，你進去參觀吧。」園丁回答說：「不過你千萬要小心羅吉主教！」少年跑進教堂，看到古老的墓碑和精美的祭壇。偏屋裡還有一尊披盔戴甲的鍍金騎士塑像。他本來也想要在這裡待上一整個晚上，可是為了不讓園丁久等，他只好匆匆忙忙的離開了。

園丁一見到少年就問：「你有見到羅吉主教嗎？」

「沒有，我連一個人都沒見到。」少年照實回答。

「真不公平啊！」園丁感歎的說，「連羅吉主教都休息了，我卻不能！」

他們也到了花園的東側，路過一個浴場，還經過一座古代的王宮。然後又轉身向南走去，少年認出剛才進來時看到的那片灌木林，知道他們已經快走到花園大門口了。

到了大門口，園丁便把鐵鍬遞給少年，並吩咐說：「你先拿著這個，我去把大門打開。」

可是，少年一下子就從鐵柵欄的空隙鑽了出去，少年說：「不用幫我開門了，我自己可以出來。」

少年原本想，這樣可以省去園丁開門的麻煩，但沒想到，園丁卻突然大喊大叫起來：「只要你把鐵鍬接過去，你就要代替我在這裡照顧花園，而我就可以自由解脫了。可是現在，我不知道還要在這裡面待多久！」

「園丁先生，你不必難過，」少年說：「我相信，沒有一個人能像你一樣，把花園照顧得這麼好！」

聽了少年的話，園丁安靜了下來，甚至豁然開朗的笑了。接著，園丁的身影慢慢變得模糊，直到最後消失不見。隨後，整座花園也漸漸的跟著消失了。

第十章 在烏普薩拉

在烏普薩拉，有一名很優異的大學生。他將全部的精力和時間都放在學習上，因此學業成績非常好。但他並不是一個完美的人，甚至有一些小小的缺點，就是他非常驕傲自大。

有一天早上，他才剛醒來，就開始自戀的讚美起自己：「老師和同學都很喜歡我，所有的人也都喜歡我。我的學業成績又這麼優異，只要參加完畢業考試，我就能去找一份薪水高、職位好的工作，我的前途真是一片光明！」

這一天，這個大學生正要去參加畢業的口試考試。他穿好衣服，吃完早餐，準備把今天要考的內容再複習一遍。他才剛看了一會兒書，就有人來敲門。原來是一名老留級生。這位留級生木訥靦腆、膽小懦弱，平常只知道念書，也沒有別的喜好。他甚至因為害怕，而不敢去參加畢業考試，於是只能一年又一年的留級下去。

他這次來，是想請這大學生幫他審閱一份論文手稿。這是他自己親手寫的，關於烏普薩拉歷史的手稿。「請你幫我看一看這份論文。」他畏畏縮縮的說：「看完之後，請儘快告訴我寫得好不好。」

功課優異的大學生心想：「我的人緣果然很好，連這個不敢把自己的論文拿給別人看的留級生，居然也來請教我啦！」

於是，驕傲的大學生答應會儘快把手稿看完。那位老留級生非常慎重的說：「請你務必幫我好好保管，這是我花了五年的心血才完成的論文。如果弄丟的話，我也寫不出同樣的論文來了！」

收下手稿的大學生也非常熱愛自己的家鄉，便想儘快讀一讀這篇關於烏普薩拉的歷史著作。「在考試前的一點點時間複習，根本就是浪費時間，也不會提昇多少考試的成績。」大學生自言自語道。

於是他頭也不抬，一口氣將這篇烏普薩拉的歷史論文全部讀完。看完之後，他大聲的讚歎：「**這真是一篇優秀的論文啊！**我要儘快去告訴他這個好消息，這真是一件令人高興又興奮的事！」

正在他收拾手稿的時候，牆上的鐘敲響了，原來是考試的時間就要到了。他趕緊到更衣室取下黑色外套，手忙腳亂的穿上。可是越是著急，事情就越是做不好。他又花了很長時間，才終於把門鎖打開。

當他出了房門一看，才大吃一驚，因為書桌邊的窗戶沒有關上，書桌上的一大疊手稿，就在大學生的眼前一頁一頁的飛出窗外。等他趕忙衝過去，一手按住手稿時，所剩下的手稿已經不多了，大概只有十幾張還留在桌上。

考試的時間就要到了，大學生暗自想

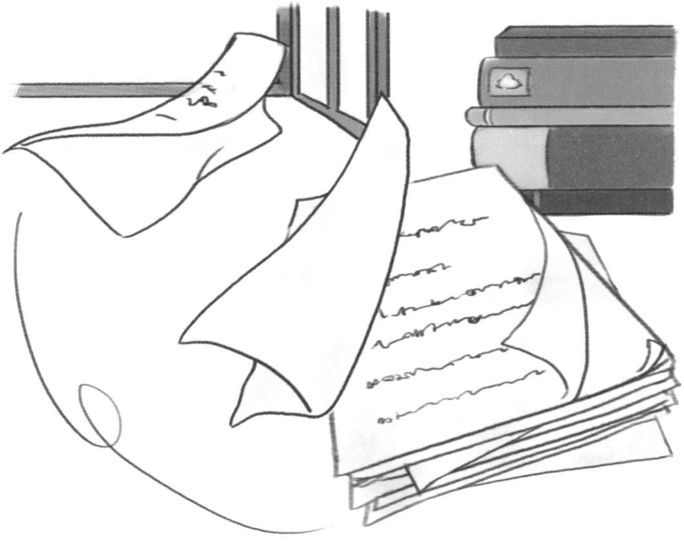

著，還是先完成自己的考試，再來處理丟失的手稿吧？畢業考試可是關係到自己前途的事情呀！

於是他急忙向教室奔去。可是一路上，他心裡想的，卻都是那些手稿的事，他的心情久久不能平靜。

「唉！考試的時候遇到這種事情還真是倒楣啊！」他想。

在考試的時候，他無論如何也無法集中心思。「唉！那可是他五年來的心血啊！以後，他再也寫不出來了。他是那麼謹慎的囑咐過我，現在我真的沒勇氣去跟他說，手稿有一部分已經被我弄丟了。」

這件事讓大學生感到非常自責，導致他在考試時，沒辦法集中精神思考。他記不起曾經看過的課本內容，頭腦裡一片空白，回答不出教授的提問，教授對此非常生氣，在分數欄上給他打了一個不及格的分數。

大學生離開教室的時候，那位老留級生正好向他這裡走過來。大學生不想在手稿還沒有找到的情況下，告訴老留級生實情，便想默默的從他身邊走過去。但老留級生還是看見他，便急忙抓住他的手臂問道：「你看完那份手稿了嗎？你覺得怎麼樣？」

「我剛才去參加畢業考試。」大學生支支吾吾，不敢正面回答他的問題。可是老留級生卻覺得是大學生不好意思告訴他，這份手稿實在是寫得非常差。「如果你覺得我的論文寫得不好的話，就請你幫我扔掉它吧！我不想再見到這篇論文了！」老留級生難過的說。說完之後，他就馬上跑走了。

大學生回家之後，趕緊去尋找那些散落的手稿。他在馬路上、廣場上、樹叢裡到處搜尋著，他還進入別人家的庭院，又跑到郊外，但是通通找不到，直到天色全黑了，還是一無所獲。在路上，他碰到班上的同學，從他的口中得知，老留級生已經病倒在床上了，狀況很糟糕。

「聽說他的心臟不太好，醫生認為，他一定是受到某種刺激，傷心過度才會生病的。至於能不能恢復，得要看

他的心情而定了。」

大學生趕緊來到老留級生的家中。老留級生臉色蒼白，虛弱的躺在床上。

「我這次來，是想鄭重的告訴你，你的那篇論文寫得真是太好了，我很少讀到這麼傑出的論文。」大學生真誠的告訴他。

「唉，你說這些稱讚的話，一定只是因為我生病了，你是為了安慰我，才這麼說的吧？」老留級生低聲的說。

「不是這樣的，」大學生解釋，「你的論文真的是很優秀的傑作。請你一定要相信我。」

老留級生慢慢從床上坐起身，固執的說：「除非你把手稿拿來，讓我看到你還沒有燒掉它，否則我沒辦法相信你說的話。」說完後，他又重新躺回床上。

大學生心裡非常愧疚，他實在不敢把手稿被風吹走的事情，讓老留級生知道。他的內心既矛盾又痛苦。

「我知道你很體貼，你不敢跟我說真話，因為你怕我受不了打擊。但你一定是把手稿都燒掉了，因為它實在是寫得太糟糕了。」老留級生說。

大學生再一次發誓：「那真的是一篇了不起的論文，我真心的佩服你！」

「好，如果你能把手稿還給我，我就相信你。」老留級生依然固執己見。

大學生回到家裡，心情十分沉重，也非常疲憊。他泡了一杯茶，喝完就上床準備就寢。他用被子蒙住自己的頭，開始自責起來。「我不僅錯失自己的美好前程，甚至還給別人添了這麼大的麻煩，我真是一個成事不足、敗事有餘的人。」大學生心焦如焚、輾轉反側，久久不能入睡。

在瑟姆蘭莊園裡的少年尼爾斯正要回去雁群，卻在這時遇到了渡鴉。渡鴉飛到少年待的金盞花叢中，和他聊了起來。

渡鴉儘量使自己顯得神情嚴肅、一本正經，

但是少年還是從渡鴉那閃動的眼光中，看到狡猾的目光。所以少年決定，無論渡鴉說什麼好聽的話，他也絕不輕易相信。

渡鴉告訴少年：「**我知道如何讓你變回人的方法。**」

但是少年已經從那兩隻貓頭鷹口中，知道變回人的方法，他告訴渡鴉：

「只要我能好好的把雄鵝照顧好，讓雄鵝安全的抵達拉普蘭，然後再返回斯康奈，這樣，我就可以重新再變回人了。」

「可是要帶領一隻雄鵝安全的周遊全國，並不是件容易的事情，你還不如找一條新的出路。」渡鴉說：「不過如果你不想知道的話，我就不說了。」

這時，少年有一點回心轉意了，他很想知道渡鴉的方法是什麼。他支支吾吾的對渡鴉說：「如果，你想把祕密告訴我的話，我也不反對。」

「等到適當的時機，我自然會告訴你。」渡鴉說道。「現在，爬到我的背上來吧！我帶你出去遊覽一趟，看看有沒有合適的機會。」

於是渡鴉載著他，飛到了烏普薩拉。

少年仔細觀覽這座城市，在一大片開闊的田野中央，城市裡林立著宏偉壯觀的高樓和建築。在一個低矮的山坡上，有一座用石磚砌成的堅固宮殿。

「這裡大概就是國王居住的地方吧！」少年讚歎的說。

「國王以前曾經居住在這座城市裡，但那些昔日的輝煌，現在已經一去不復返了。」渡鴉接著說。

少年又看見一座莊嚴肅穆的建築，那是一座大教堂。那座教堂有三個高聳入雲的尖塔、雕刻著精美雕塑的牆壁。

「這裡也許住著一位大主教吧！」少年又慨歎道。

「從前，這裡曾經住過一位名聲顯赫的大主教。如今雖然還有大主教住在裡面，但掌管國家大事的人，已經不是他了！」渡鴉回答。「我告訴你，現在管轄這座城市的是知識，你放眼所見的所有雄偉的建築，都是為知識分子們所興建的。」

渡鴉一邊說，一邊帶著少年四處漫遊。

他們參觀了一座從地下室到屋頂都放滿了書籍的大圖書館，還有人們引以為豪的學校主樓，以及寬敞精美的議會大廳。在大學校舍裡，少年從窗戶外，可以看到裡頭陳列的動物標本、培育著許多奇花異草的大溫室，以及擺放著長長望遠鏡的天文觀察台。

「如果我不是一隻渡鴉，而是一個人，我就要在這裡住下來。我要在一間放滿書籍的房間裡坐著，把書本的知識通通都學起來。大拇指，難道你對這些一點興趣都沒有嗎？」

「我寧可和大雁們一起旅行。」少年無所謂的說。

「難道你不願意成為一個能幫助人、為人治病的人嗎？」

「嗯，我願意。」

「難道你不想成為一個知道天下大事，講得出宇宙奧祕的人嗎？」

「嗯，這聽起來也不錯。」

「難道你不願意成為一個能分清善惡、明辨是非的人嗎？」

「這樣的知識好像很有用處。」

渡鴉慢慢告訴少年，做一個在大學裡讀書學習的人，是多麼幸福的一件事，但現在的少年，還是沒有想要成為一個知識分子的迫切願望。

那天傍晚，烏普薩拉大學每年一屆的迎春大會，在植物園裡舉行。大學生們絡繹不絕的來到這裡。他們頭戴白色的學生帽，身穿黑色的學生制服，在街上行走。大學生們唱著讚美春天的歌曲，歌聲在植物園裡緩緩縈繞。他們的歌聲深深的吸引著少年。

大學生們到植物園後，集中在一個講臺前，講臺就設置在大溫室前的臺階上。一個年輕英俊的大學生走向講臺，開始演講。

渡鴉把少年放在溫室的屋頂上，他們就那樣安安靜靜的坐著，聽大學生們一個接著一個演講。一位上了年紀的老人走上講臺，訴說自己人生之中，最美好的青春時光就是在烏普薩拉大學裡度過的。美好恬靜的學習生活，和同學們友好愉快交往的快樂，真是人生中最大的幸福和樂趣。在大學裡的生活，充滿憧憬和希望。

少年聽著、聽著，漸漸感受到，能夠成為這些大學生中的一員，是多麼神聖崇高的事情。

每次演講結束，掌聲便響徹雲霄，當掌聲歇息，隨即又開始新一輪的演講。少年從來沒有體會過如此振奮人心的激動。他完全沒想到，語言竟有如此大的鼓舞人心的力量。少年強烈的感受到，從那些大學生身上散發出來的歡欣與幸福情感。

演講和掌聲一直持續到天色昏暗下來。迎春會結束了，少年在剛才的歡悅中回過神來，想起自己的現狀，越想卻越難受。他感

到自己的旅行生活是那麼的糟糕，甚至幾乎不想回到大雁們的身邊去了。

渡鴉開始在少年的耳邊說著悄悄話：「大拇指，我現在就告訴你，讓你重新變回人的方法。你只要等到有一個人，當他對你說，他願意穿上你的衣服，跟隨大雁們去旅行。你就抓緊機會對他說……」渡鴉傳授了一句非常厲害的咒語，「只要你說這句咒語，就可以重新變回人了。」

「可是，我也許永遠碰不到願意穿我衣服的人呀！」少年垂頭喪氣的說。

「那可不一定喔！」渡鴉把少年帶到城裡，將他放在一個閣樓的屋頂上。閣樓裡亮著燈，窗戶半開著，少年看到一位大學生睡在屋裡。他望著窗戶裡熟睡的大學生，心裡暗自想著，如果自己是這個在床上睡覺的大學生，那該有多好啊！

大學生突然從睡夢中醒來，發現床頭燈還亮著。他看到書桌上有一個小人兒。小人兒站在奶油盒子旁邊，正在往手裡拿著的麵包上抹奶油。

因為今天白天，已經遭遇到令他相當沮喪的事，所以，當他看到小人兒時，並不感到吃驚，覺得一個小人兒來這裡找些吃的東西，並沒有什麼好大驚小怪的。

大學生躺在床上看著小人兒慢慢的品嚐著食物。那些乾麵包和奶油對小人兒來說，已經是上等的美食了。

等到小人兒吃完，悠閒的打著飽嗝時，大學生才漫不經心的和他攀談。

「嗨，你好！」大學生問道：「你是誰？」

小人兒嚇了一大跳，拔腿就往窗口跑去。可是當他看到大學生還是躺在床上沒有動，便停下腳步，轉身走了回來。

「我是威曼豪格的尼爾斯．豪格爾森。」小人兒說道：「原本我也是和你一樣的人，可是後來被一個小精靈變成小人兒，從此以後，我便和大雁們一起到處旅行。」

「哇！天下事真是無奇不有！」大學生感歎的說。他詢問少年一路上旅行的過程，少年也一一的告訴他。

「你的生活真是有趣！如果能穿上你的衣服去遨遊世界的話，那一定是一件非常有趣的事。這樣，我就可以擺脫一切煩惱了。」大學生歎著氣說。

渡鴉此刻正好飛到窗臺上，他趕緊用嘴啄玻璃窗，提醒少年千萬不要錯過這個好機會。

「但是你怎麼會願意和我換衣服呢？」少年問：「當大學生是一件多麼光榮的事，你怎麼會想變成別人呢？」

「你不知道今天發生了多麼糟糕的事，我已經心灰意冷了。如果我能夠像你一樣，跟著大雁一走了之，那是再好不過了！」大學生無奈的說。

渡鴉提醒少年要趕緊念咒語。少年聽見渡鴉不停的敲打窗戶的聲音，緊張得心怦怦亂跳。

「我已經告訴你我的事情了，你也跟我說說你的事情吧！」少年說道。

大學生一吐為快，把今天發生的事，原原本本的講出來。「我最傷心的是，我竟然給那個留級生帶來這麼大的困擾。」大學生懊悔不已的說道。

「你等我一下，我馬上就回來。」少年急急忙忙走過桌面，跨出窗戶，爬上房子的屋頂。

「你到底是怎麼回事？白白的錯失好機會。」渡鴉責怪道。

「比起他的事情，我並不在乎自己是否能重新變回人。」少年說：「我只是非常惋惜，那麼好的一份手稿竟然遺失了。」

「我知道了。」渡鴉說：「我會想辦法把那些手稿給找回來。」

「我希望能把手稿完完整整的交還給大學生。」少年說道。

渡鴉不再說話，他張開翅膀向城裡飛去。過了不久，他就銜回來幾張稿紙。渡鴉來來回回整整飛了一個小時，把一張張的手稿交到少年的手裡。

「渡鴉，真是太感謝你了！」少年興奮的說：「我把這些稿紙拿去還給那個大學生。」

過了一會兒，少年從閣樓的窗戶裡走進來。那個大學生高興得手舞足蹈，將一頁頁的稿紙展平，疊放得整整齊齊。

「可是，你把手稿交給那個大學生，他就不可能穿上你的衣服，你也沒辦法變回人啦！」渡鴉歎息道。

少年意志堅定的對渡鴉說：「我知道你是一片好意，而且這也真的讓我感到猶豫。你一定以為我會離開雄鵝，讓他自己孤零零的去面對接下來的旅程。**可是我不能做這樣背棄朋友的事。**」

渡鴉聽完以後，覺得有些慚愧，尷尬的用爪子抓了抓頭，便背起少年，向大雁們棲息的地方飛去。

第十一章　斯德哥爾摩的故事

在斯德哥爾摩郊區有一座公園，名叫斯康森。公園裡有一個名叫克萊門特·拉爾森的老先生。他在公園裡，用小提琴為遊客們演奏民族舞曲和其他古老的樂曲，以此謀生。

克萊門特的生活過得很好，但是他時常思念家鄉。有時候，他一個人一坐就是幾個小時，呆呆的想念著自己的故鄉。

五月初的一天下午，是個晴朗的日子。克萊門特沿著公園的一個山坡散步。在路上，遇見從海島上捕魚回來的漁夫。克萊門特和他很熟，漁夫背著魚簍走過來，向克萊門特打招呼：「嗨，你好啊，克萊門特！」

「你好！」克萊門特答道：「你的魚簍裡，今天裝的是什麼？」

「你看看我抓到了什麼？」漁夫把魚簍遞給克萊門特，說：「你覺得他值多少錢？」

「哇！我的天哪！」克萊門特驚呼道：「你是怎麼抓到他的？」他看到魚簍裡，躺著一個活生生的小人兒。

「今天一大早，我帶著獵槍出海。離岸沒多遠，我就看到一群大雁從東邊鳴叫著飛來。我想射幾隻大雁下來，卻一隻也沒有射中。突然，這個小人兒從天上掉下來，正好掉在我的船上，我就把他抓了起來。」漁夫回答道。

克萊門特想起小時候，母親經常告訴他關於地板下的小人兒的故事。這些小人兒對敵人的報復之心和對朋友的感謝之情，讓他印象深刻。現在他才終於明白，有關小人兒的事是真的。

「你應該把他放了，因為他是一個小精靈。」克萊門特說道。

「我不知道他是什麼。但是我抓住他，就要用他來換一筆豐厚的報酬。你告訴我，他究竟值多少錢？」

「如果你願意把這小人兒給我，我就付給你二十克朗。」克萊門特說。

漁夫一聽克萊門特出了那麼高的價錢，便馬上把小人兒賣給了他。

克萊門特把小人兒放進自己寬大的口袋裡，來到公園裡的一座小木屋。他關上門，掏出小人兒，把他放在一張小凳子上。

克萊門特對小人兒說：「你聽我說，我會還給你自由，但是，你必須先答應我一個條件，那就是你必須留在這間房子裡，直到我讓你離開這裡。如果你同意我的條件，就點三下頭。」

克萊門特滿心期待的看著小人兒，可是小人兒一動也沒有動。

「你在這裡不會有什麼危險。」克萊門特說：「我每天會給你送飯來。如果我用白色的盤給你送飯，你就留在這裡；如果我用藍色的盤子給你送飯，你就可以離開了。你覺得怎麼樣？」

這次，小人兒還是沒有任何反應。

「好吧！既然這樣，我只好把你交給公園的總管了。到時候，你會被放在一個玻璃盒裡，讓斯德哥爾摩的所有人參觀。」克萊門特裝作一副無可奈何的樣子說道。

沒想到這番話竟把小人兒給嚇壞了。他連忙點頭答應克萊門特的條件。

於是，克萊門特把小人兒留在屋子裡，關上門，外出去了。

克萊門特在公園的一條小徑上，遇到一位慈祥和藹的老先生。老先生曾經在公園裡聽過克萊門特演奏小提琴，所以便停下腳步，與他聊起話來。

「你好！克萊門特！最近還好嗎？」老先生說。

對於老先生的問候，克萊門特倍感溫暖：「嗯，謝謝您的關心。最近我很好，只是有一點想家。」

老先生在一張木椅上坐下來，找了一根小樹枝，便在沙地上畫出了一幅小地圖。「西邊是梅拉倫湖、東邊是波羅的海，梅拉倫湖和波羅的海的交界處，有一條小河，河的中間有四座小島。」

接著，老先生向克萊門特講述一個關於斯德哥爾摩的優美傳說——

這些小島上只長著一些樹木，沒有人居住。偶爾有航海的人會在這些小島上登陸，搭起帳篷，在上面過夜，但是沒有人會在那裡定居。

有一天，一個漁夫划船進入梅拉倫湖，在那裡捕了許多魚。興高采烈的他忘了回家的時間，當他剛將船划到四座小島的附近，天就黑了。於是，他想先到一座小島上去休息，等到有月光的時候再走。

漁夫將小船拖上小島，他躺在船上，一下子就睡著了。等他醒來的時候，月亮已經高高的升起，明亮的月光照得大地一片銀白。

漁夫想把船推進海中，划船回家去。但是他突然看見一大群海豹向他所在的這座小島游來，並陸陸續續的爬上岸。漁夫拿起魚叉想要補抓海豹，但是突然之間，海豹卻不見了，在岸上只有一群年輕漂亮的少女。這些少女們穿著綠色的薄紗衣裳，頭上戴著珍珠做成的帽子。漁夫立刻明白了，原來這是一群海裡的仙女，她們披上海豹皮是為了能到小島上遊玩嬉戲。

漁夫偷偷的跟在仙女們的後面，看著她們在月光下翩翩起舞。漁夫看得十分著迷，甚至忘記自己是在哪裡，還以為來到了仙女的花園。

過了好久，漁夫才終於回過神來，他悄悄的走到岸邊，拿走一位仙女放在那裡的海豹皮，把它藏在一塊石頭底下。

又過了一會兒，仙女們紛紛走到岸邊，拿起海豹皮穿在身上。忽然間，她們之中傳來驚慌的叫聲，因為一位仙女的海豹皮不見了！仙女們在小島上到處尋找，就是沒有找到遺失的那件海豹皮。

漸漸的，東方露出一道微微泛紅的朝霞，天快要亮了。仙女們不能再待下去了，於是一個個游回了海中。只留下那位找不到海豹皮的仙女，在小島上暗自哭泣著。

等到天亮了，漁夫把小船推到水裡，並且假裝意外遇見仙女，問她：「請問你是誰？怎麼會來到這座小島上？」

「好心人，你有沒有看到我的海豹皮？」仙女邊哭邊說。

漁夫依舊假裝聽不懂她說的話，對她說：「這座島上什麼也沒有，你總不能一直待在這裡吧？跟我回家吧！不用擔心，我的母親會好好照顧你的。」

漁夫看起來十分親切誠懇，於是仙女決定跟他一起回家去。

漁夫和他的母親對仙女非常體貼、溫柔，仙女也漸漸不再憂傷，還主動幫忙他們處理家務，就像是他們的家人一樣。

有一天，漁夫問她：「你願意嫁給我嗎？」仙女沒有多想，馬上就答應了。

舉行結婚典禮的那天，仙女再一次穿上那件綠色飄逸的薄紗衣裳，頭上戴著溫潤潔白的珍珠帽子。因為他們住的小島上沒有教堂和牧師，所以，參加婚禮的人都要坐船到另一座小島上去。

漁夫和他的新娘、還有母親坐著同一艘船。他很快就把船划到其他船隻的前面。漁夫看見他和仙女相遇的那座小島，再看著身旁美麗的新娘時，得意的笑了起來。

「你在笑什麼？」新娘問道。

因為漁夫覺得新娘不會離開自己，於是就將那天晚上的情形告訴她，也說出藏海豹皮的事情。

可是新娘卻聽不懂漁夫所說的事情。她似乎已經忘記自己原來的身分。

「我想你一定是做了一個奇怪的夢。」新娘說。

漁夫急切的把小船划向那座小島，他想立刻向新娘證明，自己所說的話是真的。他們上岸之後，漁夫找到藏在石頭底下的海豹皮。

沒想到，新娘一看見海豹皮，便立刻把它搶到手裡，迅速穿到自己身上，一轉眼就跳進了海裡。

漁夫急忙伸出手去，想抓住新娘，可是已經來不及了。漁夫絕望的把手中的魚叉拋向新娘，但只聽見可憐的新娘發出一聲慘叫，就消失在大海中了。

漁夫盼望自己的新娘能夠回來，但他卻再也沒有等到她。此時，周圍的海水綻放出一種溫暖柔和的粉色光芒，就像珍珠一樣柔美。當海水湧向小島的時候，島上的綠樹成蔭、鮮花盛開、芬芳四溢，充滿著溫馨甜美的氛圍。

當一位仙女的血和水融合在一起的時候，她的美麗也就賜給了四周的小島，這是仙女留給人間的一份溫柔的禮物，使得人們愛上這些小島，並且渴望能長久在這裡生活下去。

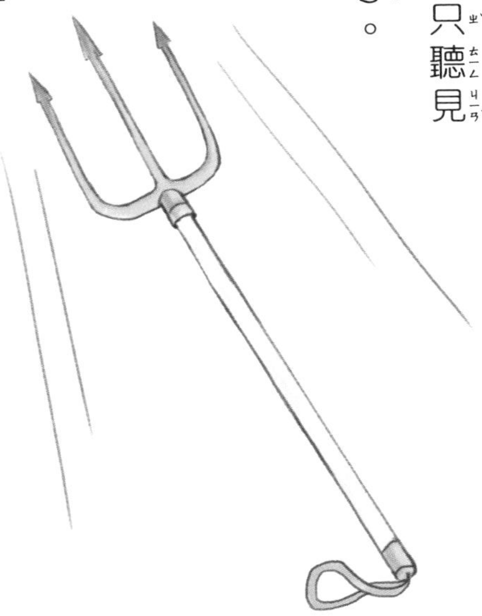

「克萊門特，現在你知道了吧？」老先生說：「從那時候起，人們便遷移到這些島上居住。在一個陽光燦爛的日子，國王來到這些島上，他下令在其中最大的一座島上面，建造一座城堡。人們在島嶼的四周也蓋起高高的圍牆。圍牆的南北兩面各有一座城門，上面有堅固的塔樓。人們還在島嶼和島嶼之間，築起橋樑，把各個島嶼連接在一起。

「後來，人們從四面八方搬到這裡，在島上建造房屋，定居下來。他們還在城堡的旁邊建了一座教堂。這樣，一座城市的雛形便完成了。人們把這個城市叫做斯德哥爾摩。斯德哥爾摩把人們源源不斷的吸引到它的身邊來。

「克萊門特，我沒有多餘的時間和你交談了，但是我會送給你一本關於斯德哥爾摩的書，請你從頭到尾仔細的把它讀一遍，就可以好好的了解這座城市的歷史了。」

老先生說話時，語調堅決有力，雙眼目光炯炯有神。說完之後，他向克萊門特揮了揮手，便起身離去。克萊門特想，這老先生一定是一位出身高貴的紳士，於是他向離去的背影深深鞠了一個躬。

第二天，一位宮廷侍衛拿著一本紅皮書和一封信，交給克萊門特。信上寫著，這本書是國王送給他的。

收到書和信之後，克萊門特心中久久不能平靜。雖然國王告訴他，要好好的去了解斯德哥爾摩的歷史，並且適應這裡的生活。但是，克萊門特的心中，卻很渴望能夠儘快把國王說過的話，告訴他家鄉的親友們。他決定要去找公園的總管，告訴他自己必須辭職，回家鄉去了。

第十二章　老鷹高爾果

在拉普蘭北部的崇山峻嶺中，藏有一個大峽谷，峽谷的周圍是怪石林立的懸崖峭壁，峽谷的中央有一個小湖，高低不平的湖岸上，長滿柳樹和樺樹。每年夏天，這裡都是大雁們理想的棲息地和築巢地。

在峽谷周圍的峭壁上，突出一塊岩石，上面是用樹枝一層層疊起來，足足有兩、三米寬的鷹巢。

每一年，老鷹都要獵捕幾隻大雁，但是對大雁們來說，因為老鷹住在他們附近，反而使得其他凶禽猛獸不敢接近這個地方。

在少年跟隨大雁們周遊全國前，領頭雁阿卡就曾經有兩、三年，帶領雁群棲息在這裡。她常常守衛在峽谷裡，監看著老鷹的去向。每天早上，當她看到老鷹們向平原飛去的時候，才會稍微鬆一口氣。到中午時分，阿卡又開始留意老鷹的蹤影，當看到老鷹收獲豐盛的時候，她才又再鬆一口氣。下午，阿卡期

待在峭壁突出的岩石上可以見到老鷹；傍晚，則希望在高山湖裡見到他們。這樣的一天，才是安全的一天。

有一天早上，阿卡很早便醒來，監視著老鷹。但是過了很久，都沒有看見他們。在等待的過程中，她聽到從鷹巢裡發出一聲聲哀傷的叫聲。她想，會不會是老鷹們出了什麼事？於是，她朝鷹巢飛了過去。

阿卡飛到鷹巢的上面，看見巢裡既沒有公鷹，也沒有母鷹，只有一隻羽毛還沒長齊的小鷹，仍然嗷嗷待哺。

阿卡不安的環視著四周，擔心那兩隻老鷹會回

到巢裡來。

「快給我弄些吃的東西來。」小鷹呱呱叫道。

「你的父母在哪裡？」阿卡問道。

「他們昨天早上就飛出去了，但是一直沒有回來。他們只給我留下一隻旅鼠，我早就已經吃完了，現在我的肚子好餓！」小鷹生氣的說道。

阿卡估量著，那兩隻老鷹應該已經死了。她想，如果不幫助這隻被遺棄的小鷹，良心上總說不過去。

「**我好餓！我要吃東西！**」小鷹不顧一切的叫著。

阿卡急忙飛去峽谷裡的小湖，在那抓了一條鮭魚，放到小鷹的面前。

「我要吃旅鼠，我不要吃這東西！」小鷹把魚往外一推，生氣的喊道。

「你的父母應該已經死了，他們再也不會回來餵養你了。你就乖乖的吃魚吧！否則你一定會餓死。」阿卡斬釘截鐵的說。

小鷹只得勉強的把魚吞下去。

從此，阿卡擔任起養育小鷹的職責，每天為他尋找食物，把他養得非常強壯。以至於小鷹也忘記自己原來的父母，而把阿卡當成自己的親生母親。阿卡也很疼愛這隻小鷹，並且給他取名叫高爾果。

到了夏天，小鷹就可以自己覓食了，但是他只吃青蛙和小魚。那是他第一次張開翅膀開始飛行。他飛得很穩健，而且還和峽谷裡的小雁們一起度過了夏天。他和雁群成為很好的朋友，小鷹也把自己看作是一隻小雁。

當他不能像其他小雁一樣學會游泳時，他的心裡非常沮喪。

「那是因為你的爪子是彎的，你的腳也比較大，你不用傷心，你一定會成為一隻優秀的鳥兒。」阿卡安慰他說。

小鷹的羽翼漸漸豐滿，當他一飛向天空，那些旅鼠和雷鳥就會害怕的躲起來。小鷹感到很奇怪。

「那是因為你的翅膀已經很豐滿了，所以才嚇壞這些小動物。」阿卡說：「你不用難過，你一定會成為一隻擅於飛行的鳥兒。」

「為什麼我要抓魚和青蛙來吃，別的小雁卻不吃這些呢？」小鷹問道。

「因為在你小時候，我找不到別的東西可以給你吃。」阿卡說：「不管怎樣，你不用擔心，你一定會成為一隻厲害的鳥兒。」

可是當小鷹跟隨著雁群遷徙的時候，有許多好奇的鳥兒都覺得非常驚訝。他們把高爾果叫做老鷹。高爾果很生氣，不斷的問阿卡：「他們為什麼把我叫做老鷹？可是我不會去獵捕大雁啊！」

最後，高爾果終於明白了，自己的確就是一隻老鷹，於是，他決定要像一隻真正的老鷹一樣生活。「我們還是可以生活在一起，我也絕對不會攻擊任何一隻大雁。」高爾果對阿卡說。

阿卡聽了之後，非常生氣的說：「你以為我會和一隻老鷹一起生活嗎？如果你不能照我教導你的方式去生活的話，就請你離開我們雁群吧！」

他們彼此都很固執，誰也不肯讓步。最後，高爾果還是選擇離開雁群，在全國各地獨自生活、四處流浪。但是，他還是會時時想起，自己和大雁們一起生活的那些日子。

有一天，災難降臨到他的身上。高爾果被獵人捕獲，賣到斯康森公園。他被關在一個由鋼絲做成的籠子裡，囚禁的生活讓他日漸衰弱，原來光潤的羽毛也變得蓬鬆而沒有光澤。他站在籠裡一動也不動，眼睛一直注視著遠方。

一天早上，高爾果忽然聽到有一個聲音在叫他的名字。他無精打采的問：

「是誰在叫我？」

「是我。我是和大雁阿卡一起旅行的大拇指！你不記得我了嗎？」

「難道阿卡也被人關起來了嗎？」高爾果吃驚的問道。

「不是的。阿卡現在應該已經在拉普蘭了。」少年回答道，「只有我被囚禁在這裡。」

少年又說：「高爾果，你之前曾經和雁群生活過，也算是雁群的一分子，我該怎麼幫助你？」

「你不用管我，就讓我待在這裡，在睡夢裡自由的飛翔吧！」高爾果絕望的說。

當夜幕降臨的時候，高爾果聽到從籠子的上面，傳來輕輕磨擦東西的聲音。「**是誰在那裡？**」高爾果問。

「是我，大拇指。」少年說，「我在磨鋼絲，等我把鋼絲磨斷了，你就可以飛出去了。」

「我的身體這麼大，你要磨幾根鋼絲才能讓我飛出去？我看你還是不要白費力氣了。」

「沒關係。就算今天晚上我磨不完，也還有明天。總之，我一定要把你救出來。」

沒多久，高爾果沉沉的睡著了。第二天早上醒來的時候，他看見已經有許多根鋼絲被磨斷了。高爾果非常興奮，張開翅膀，高興的跳了起來。

幾天後的早晨，天剛亮，少年就把高爾果叫醒：「高爾果，快醒醒。」

高爾果看到籠子的上方出現一個大洞。他活動了一下翅膀，便振翅朝洞口飛去。經過幾次的試飛，他終於成功，高高的飛上了天空。

少年看著高爾果遠去的身影，心裡感到有些難過和失落，因為他希望也有人能夠把自己解救出去。

少年曾經向克萊門特許下諾言，當克萊門特同意自己離開的時候，才會離開這裡。可是克萊門特回故鄉的時候，卻找不到藍色盤子給小人兒送食物。於是，便匆匆的拜託一個老園丁幫忙。克萊門特讓老園丁去買一個藍色盤子，

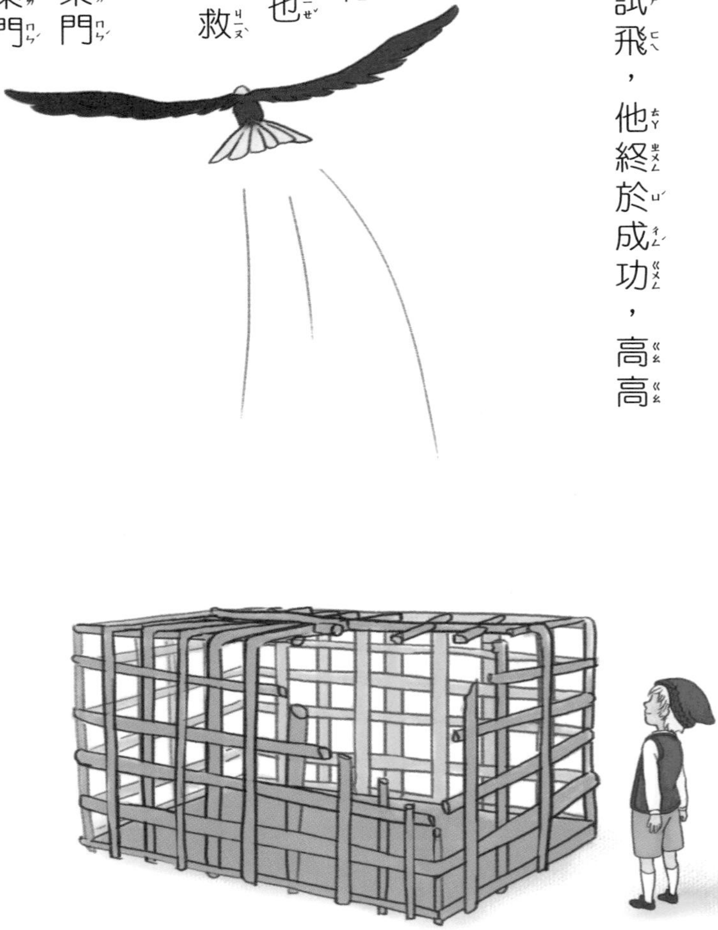

並且裝上食物送去給小人兒。雖然老園丁覺得有些莫名其妙，但還是到城裡去買了個盤子。但因為沒有看到藍色的，老園丁就順手買一個白色的。每天早上，他都在白盤子裡裝上食物送去。因此，少年就一直遵守著諾言，沒有離開。

過了一會兒，高爾果飛回了少年的身邊。「我剛才只是想活動我的翅膀，看看是否還能像以前一樣的飛翔。」高爾果說：「你該不會以為，我會把你一個人獨自留在這裡吧？」

「可是我曾經許下諾言，要留在這裡，直到被允許離開為止。」

「你應該明白，你是在被強迫的情況下許下承諾的，因此你並沒有必要去遵守這樣的諾言。」

說完，高爾果就用他的大爪子抓起少年，向天空飛去，一直朝著北方飛去。

第十三章　到南方去

因為老鷹高爾果的幫忙，少年終於回到了雁群，此時他正坐在雄鵝的背上，在高空中飛行著。大雁們排成人字形的飛行隊伍，離開北方的拉普蘭向南飛去。老雁們帶著在大峽谷裡長大的二十二隻小雁往前飛行。小雁們十一隻飛在右邊，十一隻飛在左邊。

小雁們從來沒有飛過這麼長的距離，漸漸的，落在隊伍的後面了。

「大雪山來的阿卡！大雪山來的阿卡！」小雁們叫道。

「怎麼啦？」阿卡問。

「我們已經累得飛不動了！我們已經累得飛不動了！」小雁們回答。

「你們飛得越遠，就越不會覺得累！」阿卡回答。

「大雪山來的阿卡！大雪山來的阿卡！」小雁們又叫道。

「又怎麼了？」阿卡問。

「我們已經餓得飛不動了！我們已經餓得飛不動了！」小雁們說。

「大雁應該學會餐風露宿的飛行生活。」阿卡回答。

過了一會兒，小雁們似乎已經適應長途飛行，也不再抱怨肚子餓了。

大雁們為了讓小雁們記住每一個地方的名字，因此每到一個地方，就要他們喊出它的地名。可是很快的，小雁們就覺得不耐煩了。

「大雪山來的阿卡！大雪山來的阿卡！」小雁們喊道。

「什麼事？」阿卡問道。

「我們記不住這麼多的地名！」小雁們叫道。

「頭腦裡裝的東西越多，就越是記得住。」阿卡回答。

小雁們的翅膀漸漸的強壯起來，大雁們繼續往南飛。少年非常高興，也很興奮。他們不斷遇到飛過來的候鳥群。

「大雁，你們要飛到哪裡去？」候鳥們問道：「你們要飛到哪裡去？」

「我們要到外國去。」大雁們回答：「我們要到外國去。」

大雁們看到鹿群的時候，就往下喊：「謝謝你們今年夏天的照顧！謝謝你們今年夏天的照顧！」

「下次見！」鹿群回答道，「下次見！」

當夜幕降臨的時候，大雁們降落在一片草地上。這裡一切都很潮溼，少年在草地上感覺非常不舒服，而且覺得很冷。於是，他對雄鵝說：「把我載到那座塔上面去好嗎？那裡一定會有比較乾燥的地方。」

雄鵝把他送到瞭望塔的陽臺。少年在那裡舒服的睡了一覺。直到第二天天亮，少年從瞭望塔上眺望四周。眼前是火紅燦爛的朝霞，周圍是色彩斑斕的大地。地平線此起彼伏，山坡和高原的曲線圓潤柔和。

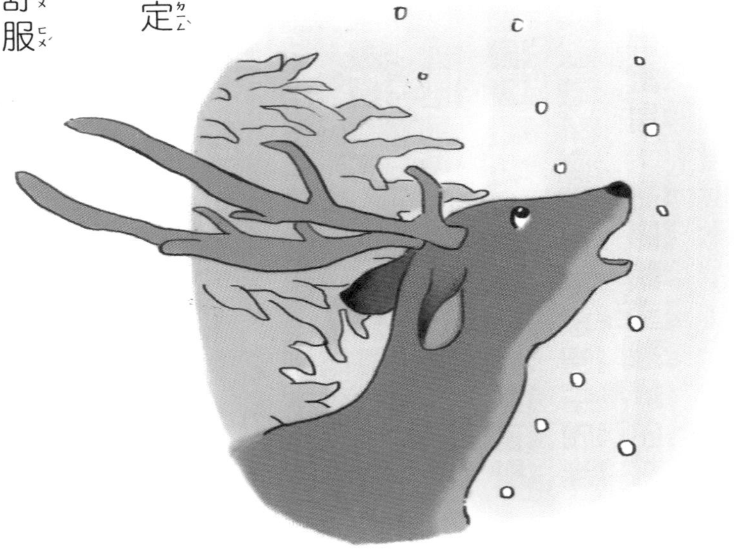

此時，有一群年輕人來到這裡遠足。他們已經遊遍整個耶姆特蘭省，並且很高興在這裡看到壯麗的景色。一位年輕的女孩拿出地圖，看著耶姆特蘭省的地形，說：「耶姆特蘭省看上去像一座高山。我好想知道有關它的故事。」

於是，他們其中的一個人，開始講述這個地方美妙奇特的傳說——

從前，在耶姆特蘭省住著一個巨人。有一天，他在家裡給馬刷毛，看到遠處有一個體格魁梧、但沒有他那麼高大的人，順著山路小徑朝他的家裡走來。

巨人急忙走進屋，對打麻繩的妻子說：

「雷神索爾從小徑上走來了！」

巨人害怕雷神是有原因的。因為巨人向大自然散發出寒冷、黑暗與荒涼，所以雷神當然不喜歡他們，想要制伏他們。

「這真是一個壞消息！」妻子說：「你先躲起來，讓我來應付他。」

巨人趕緊走進房間，妻子繼續若無其事的打著麻繩。不久，雷神打開門，走進屋裡，朝著坐在牆角的巨人妻子走過去。但是因為屋子很大，所以他走了很久，卻還在離門口不遠的地方。雷神加快腳步往屋裡走，卻似乎離巨人的妻子更遠了。雷神非常疲累，拄著拐杖休息，這時，巨人的妻子站起來，沒幾步就來到雷神面前。

「對一個腳步邁不了很大的人來說，要穿過巨人的房屋是很困難的。」巨人的妻子說。

「我是一位大力士。我聽說巨人把這裡的土地弄得很糟，人們都無法在這裡生活，所以我就想來找巨人談一談，看他能不能把這裡治理得好一些。」

「我丈夫出去打獵了。」巨人的妻子說，「你太矮小了，我勸你還是不要和一個比你高大這麼多的人談這件事。」

「我既然來了，就一定要等到他。」雷神說道。

「好吧！」巨人的妻子說：「那我給你倒一杯蜂蜜酒。」

當巨人的妻子拔開酒桶的塞子時，桶裡的酒像瀑布一樣噴洩出來，發出隆隆的響聲，沖走巨人妻子手裡的塞子。

「請你幫我把酒桶的塞子塞上好嗎？」巨人的妻子說。

雷神過去幫忙，他剛把塞子塞進酒桶的出酒口，酒就馬上湧出來，把塞子給沖走了。酒繼續在地上流淌。為了緩和酒在地上蔓延的狀況，雷神便在地板上劃出一道道的深溝，讓酒順著溝槽流走。

「平常都是我丈夫幫我塞上塞子的。」巨人的妻子說。

「請你先坐一下，我去給你煮一點粥。」巨人的妻子說：「不過，家裡的麵粉用完了，請你幫我用石磨磨一些麵粉出來。」

但是雷神用了全身的力氣，才轉了一圈石磨。

「平常都是我的丈夫幫我磨磨的。」巨人的妻子說。

「我去為你準備一個床鋪，天色已經很晚了，你留在這裡休息吧！」巨人的妻子說。她在床上鋪了很多墊子和被子。雷神躺到床上，覺得身體底下高低不平，根本無法入睡。於是，他把床上的被墊都拿掉，才好好的睡了一覺。

第二天，巨人的妻子走進來，對雷神說：「大力士，你準備要離開了嗎？」

「如果你的丈夫能在你為我鋪的床上睡覺，那我就不見他了，因為他簡直就是一個沒人能對付的硬漢！」雷神怒氣沖沖的說道。

巨人的妻子回答：「昨天，你走進我們屋子，所走過的是整個耶姆特蘭的山區。你沒能把酒桶的塞子塞上，因為那是雪山上奔騰而下的水。你在地上挖的溝和坑，現在成了河流和湖泊。你推的石磨裡是石灰石和岩石，因此磨出了肥沃的泥土。我把高大的山峰鋪在床上，你把它們扔成了半個省。我現在向你保證，我和我的丈夫將從這裡搬走，搬到一個你找不到的地方。」

從此，雷神開出的河流和湖泊、磨出的沃土、拋出的美麗大山，就存在於耶姆特蘭的大地上了。

第十四章　海爾葉倫達的民間傳說

遠足的人們終於依依不捨的離去了。少年從躲藏的地方出來。但是地面上沒有一隻大雁，也看不到雄鵝的蹤影。正當他不知該如何是好的時候，渡鴉飛到了他的身邊。

「渡鴉，能看到你真是太好了。」少年說：「你一定知道大雁和雄鵝的去向吧？」

「我正要來通知你的。」渡鴉說：「阿卡他們遇到獵人，所以先飛走了。他們讓我來接你。」

很快的，周圍濃濃的霧從四面聚集過來，一下子就什麼也看不清楚了。少年爬到渡鴉的背上，追趕大雁而去。少年有些不安，因為他沉浸在旅人述說的故事中，一直未返回雁群，而雄鵝隨時都有可能會遇到危險。

就在此時，他聽到地上有一隻公雞在啼叫。少年立刻朝底下喊：「我們現

在飛行經過的地方，叫什麼名字？」

「這裡是海爾葉倫達！這裡是海爾葉倫達！」公雞大聲叫著。

「附近是怎樣的地形？」少年問道。

「西面是大山，東面是森林，有一條河流貫穿整個地區。」公雞回答。

「謝謝你！你對這裡很熟悉。」少年說道。

飛了一會兒，少年聽到有一隻烏鴉在叫著。

「是什麼樣的人住在這裡？」少年問。

「誠實善良的農民。誠實善良的農民。」烏鴉回答說。

「他們靠什麼生活？」少年問。

「他們放養牲畜、砍伐森林。」烏鴉喳喳叫的回答。

「謝謝你！你對這裡很熟悉。」少年說。

渡鴉沿著河流向南飛行，一直飛到一座村莊附近。他在一塊收割過的田野中降落，讓少年從他的背上下來。「你在這裡找找，看看還有沒有剩下的穀子，這樣你就有食物可以吃了。」渡鴉說。

少年很快就找到幾個穀穗，便剝開來吃。

「你看見南邊的那座高山了嗎？它的名字叫松山。從前，那裡有許多的狼。住在這個河谷裡的人，遭受過好多次狼的襲擊。」渡鴉說。

「你知道有關於狼的故事嗎？」少年問。

「我聽說過一個在松山裡，賣桶人受狼群襲擊的故事。」渡鴉說。於是，他向少年講了這個故事——

很久以前，在離這裡幾十公里遠的河邊村落，有一個賣桶人。有一年的冬天，他駕著雪橇馬車在結冰的河上走。突然有一群狼從後面追上來，賣桶人看見那麼多的狼追過來，情急之下，他甚至忘記可以把雪橇上的桶子扔下去，只是恐懼的不斷鞭打著馬，催促馬跑快一點。

不久，賣桶人發現狼跑得比馬更快，逐漸追了上來。可是這裡離最近的村子還有二、三十公里遠，他驚慌得不知所措。

正當他害怕時，突然看到一位老婦人走過來。

他看清楚這婦人原來是瑪琳，她是一個瘸腿駝背的老太太。而她年老眼花，沒有看見狼群。賣桶人卻想到，如果他不救瑪琳的話，瑪琳就會落入狼口，這樣子，他就可以趁機逃跑了。

此時，狼群凶狠的嗥叫起來。老婦人聽見狼的嗥叫聲，驚慌的伸開雙臂大喊：「**救命！救命！**」良心的發現讓賣桶人不能見死不救，他勒住韁繩，心想：無論如何，我不能留下她，讓她被狼吃掉。

「瑪琳，快，快到雪橇上來！」賣桶人叫道。老婦人趕緊坐上雪橇，可是卻也因此加重雪橇的重量。更糟糕的是，賣桶人聽到狼群呼哧呼哧的喘氣聲。

「唉，看來，我和我的黑馬都要完蛋啦！」賣桶人無奈的說道。

「你為什麼不把雪橇上的桶子扔掉，減輕重量呢？明天你還可以回來，把桶子撿回去啊！」老婦人說。

賣桶人很驚訝自己怎麼沒有早點想到這個好辦法。他立刻讓老婦人牽著韁繩，自己解開捆綁桶子的繩子，把桶子都扔下雪橇。這時，狼群紛紛停了下來，牠們想看看扔在冰面上的是什麼東西。趁著這個機會，賣桶人和狼群之間拉開了一段距離。

「如果這樣還是幫不上忙的話，你不用擔心，我會自己下雪橇，不會連累你的。」老婦人說道。

「我怎麼可以為了自己，讓瑪琳被狼吃掉呢？」賣桶人想：「一定還有什麼好方法，只是我還沒有想到。」

這時，他突然靈機一動。「哈！我有辦法了！」他對老婦人說：「瑪琳，你趕快駕著雪橇到最近的村子裡去。你去告訴村裡人，我一個人在結冰的河面上，被一群狼圍困著，請他們快來救我！」

說完，他趕緊把一個大啤酒桶滾落到冰面上，自己也跳下雪橇，鑽進桶裡去。這是一個很大很重的酒桶，狼群攻擊著酒桶的時候，那桶子還是紋絲不動。

此時，賣桶人終於知道，以後當自己碰到困難的時候，只要仔細認真的想，總會想出好辦法來的。

故事講完了。少年並沒有聽出故事的含義：「你講這個故事到底是什麼意思？」

「其實，我是想藉這個機會問一問你，你有沒有真正了解過，小精靈把你變回人的條件到底是什麼？」渡鴉問道。

「我聽說，只要我把雄鵝安然無恙的送到拉普蘭，然後再送回斯康奈，就可以重新變回人。除此之外，我沒有聽到其他的條件。」少年回答。

「你應該問問阿卡，她曾經到過你家，和小精靈談過。」渡鴉說。

「可是她沒有跟我說過有其他的條件啊！」少年說。

「那我來告訴你吧！」渡鴉說：「小精靈說，只要你能把雄鵝送回家，讓你母親煮一頓鵝料理，你就可以變回人了。」

「這不可能，而且我也絕對不會這樣做！」少年憤怒的喊道。

「你自己去問阿卡吧！」渡鴉說：「我看見她和雁群已經飛過來了。別忘了我給你講的故事！**碰到困難的時候，一定要好好的想想，總會有辦法的。**我衷心祝福你的未來。」

第十五章　回家

十一月初的一天，大雁們飛過哈蘭德山脈進入斯康奈省。大雁們沿著狹窄的沿海地帶，繼續向南飛行。

對少年來說，過去這幾天，他一直感到悶悶不樂，因為他實在無法接受命運的安排。

阿卡領著雁群來到斯康奈大平原的上空。平原上，田野阡陌縱橫，牧場上牛羊遍野，在農莊的四周，有刷成白色的小農舍和白色的小教堂，還有灰色的製糖廠，火車站周圍的村鎮已經修建得像一個小城市。鐵路彼此交錯，在平原上像是一張緊密的網子；公路兩旁樹木成行；在平川上，湖水泛著清波，山毛櫸樹環繞，一座座莊園掩映其中。

接著，阿卡帶領雁群降落在威曼豪格縣的一片沼澤地上。阿卡來到少年的身邊，說：「看樣子，會有幾天晴朗的好天氣，我們要趁這個機會趕快飛越波

羅的海。」

少年支支吾吾的說不出話來，因為他終究還是想要回到威曼豪格，重新變回原來的樣子。

「我們現在離威曼豪格很近了。我想，你說不定很想回家裡去看看。要是錯過這個機會，也許要等很久以後才能和家人團聚吧！」阿卡體貼的說道。

「唉，我還是不要回去比較好。」少年無精打采的說。因為他實在無法面對，父母看到自己變成小人兒的樣子。他想，自己如果站在父母的面前，他們還會認得自己嗎？

「我覺得你還是應該回去探望一下，看看家人現在過得好不好。即使你不能重新變回人，還是可以幫他們一點忙啊！」阿卡說道。

「是啊！你說得有道理，阿卡阿姨，我怎麼沒有想到呢？」少年興奮的說。現在，他迫不及待的想要回家去看看了。

阿卡背著少年，朝他的家飛去。不一會兒，就降落在少年家農舍旁的石頭圍牆後面。「真是奇怪，這裡的東西都跟我離開的時候一模一樣。」少年說：「我覺得自從春天離開這裡到現在，好像連一天的時間都還不到！」

「我就不在這裡等你了。」阿卡說：「明天你就到斯密格霍克岬角去找我們，這樣子，你就可以在家裡住一晚了。」

「阿卡阿姨，」少年說：「雖然我現在因為沒能重新變回人而煩惱，但我想對你說，我一點都不後悔跟著你們去旅行。」

「有些事，我早應該和你好好的談談。只是，那時候你還沒有回到親人的身邊，但是現在，我想還是把我的想法告訴你吧！」阿卡說道。

「經過這次漫長的旅行，大拇指，我想你應該能學到一些東西。」阿卡神色、鄭重其事的說道：「那就是，**人類不應該把整個大地都占為己有**。人類有這麼一大片的土地，其實可以將那些光禿禿的島嶼、湖泊、潮濕的沼澤地，還有荒山和偏僻的森林，讓給我們這些沒有棲身之地的動物。我們的一生，時時刻刻都在遭受人類的追捕。如果人類知道，而且真的了解，像我這樣的一隻鳥兒，也需要有安全的棲身之處，那就太好啦！」

「好啦！我們說這麼多話，好像要永別一樣。」阿卡深情的說：「不管怎麼說，我們明天還會見面。現在，我該走啦！」阿卡依依不捨的用鳥喙在少年身上撫摸了幾遍，才慢慢飛起離去。

那時候是白天，院子裡沒有任何人，少年可以無所顧忌的在院子裡走動。他急忙跑到牛棚，心想，在牛棚裡一定能獲得確切的消息。可是牛棚裡本來有三頭乳牛，現在

卻只剩一頭，就是那頭叫五月玫瑰的乳牛。

「五月玫瑰，你好嗎？」少年問道。

「哞、哞，是你嗎？尼爾斯？」五月玫瑰回答道：「大家都說你的個性變好了。**喔！歡迎你回來！歡迎你回家來。**」

「謝謝你，五月玫瑰。」少年沒有想到，自己會受到這樣的歡迎，心裡感到一陣甜蜜。「快給我講講，爸爸、媽媽他們還好嗎？」

「唉，自從你走了之後，他們一直很不順利。」五月玫瑰說：「最糟糕的是，那匹花很多錢買來的馬，白白吃了一個夏天的飼料，卻沒辦法工作。就是因為他，害得我的夥伴，那兩頭小乳牛離開了這裡。」

「而且因為你離開家，你的爸爸、媽媽實在傷透了心。」五月玫瑰繼續說：「他們失去最愛的親人，簡直度日如年啊！」

少年聽完之後，急忙來到馬廄。馬廄裡有一匹體型壯碩的馬。「你好！」少年說：「我聽說有一匹馬生病了，就是你嗎？」

「唉，其實我也沒有太大的毛病，只是我的蹄子上，有一小塊堅硬的鐵片刺在裡面，那東西刺得非常深，連獸醫都找不到病因。」

少年觀察馬的蹄子，果然發現一小塊鐵片。於是他拔出小刀，在馬蹄上刻上一行字：「**把馬蹄上的尖鐵片拔出來。**」

正在這個時候，少年聽見院子裡有人在說話，原來是少年的爸爸、媽媽正從外面走進院子裡。少年向馬廄外面望去，看到爸爸和媽媽變得比以前還要蒼老。媽媽的眼角多了幾道皺紋，爸爸的兩鬢也有了白髮。他們一邊說著話，

一邊向馬廄走來。

「也許你應該向你的姐夫借點錢，幫助我們度過難關。」媽媽說道。

「我們不能再借錢了，沒有什麼比那些債務更讓人難受的了。不如，我們把這棟房子給賣了吧？」爸爸說。

「房子對我們來說也許無所謂，」媽媽說：「可是，如果有一天那孩子回來，找不到我們，這樣他要住在哪呢？」

「我們都很想念他，希望他可以回家呀。如果他能回來，我們是絕對不會罵他的。」爸爸說道。

「是啊！我只會問他，在外面過得好不好，有沒有挨餓受凍，別的我什麼都不會說。」媽媽說道。

少年聽到爸爸、媽媽的話，心裡倍感溫暖與感動。他多麼希望能再回到爸爸和媽媽的身邊啊！

爸爸走進馬廄，來到馬的身邊，他想看看能不能找到馬的毛病出在哪裡。

他掀起馬蹄，卻看到上面有一行小字：「把馬蹄上的尖鐵片拔出來。」爸爸仔仔細細的把馬蹄檢查一遍，終於看到那片刺在馬蹄裡的小鐵片，把它拔了出來。馬兒感到舒服許多，也恢復了活力。

此時，雄鵝也帶著他在旅途中找到的伴侶——一隻灰雁和他們的六個孩子，回到這座他曾經居住的農莊，他想讓親人見見自己以前的朋友。

當他們悠閒的在農莊的鵝窩裡漫步的時候，少年的媽媽發現了他們，她立刻把門閂插上，雄鵝一家就這樣被一網打盡了。

媽媽高興的跑到馬廄去，告訴爸爸：「你快來看看，我抓到我們家走失的那隻雄鵝，還有好幾隻雁子。他們通通鑽進了我們農莊的鵝窩裡。」

「不要急，你先看看這匹馬。」爸爸得意洋洋的說：「我終於找到馬不能工作的真正原因啦！」

「啊！那真是太好了。看來我們家要開始過好日子了！」媽媽說：「再過兩、三天就是聖·馬丁節了，我們趕快煮一些鵝料理，就能拿到城裡去賣！」

媽媽接著說：「你來幫我把牠們抓進屋裡來吧。」

於是，少年看到爸爸左手抓著雄鵝，右手抓著灰雁，直接向屋子裡走去。

「大拇指、大拇指！快來救我！快來救我啊！」雄鵝與往常碰到危險時一樣，向少年發出求救。

少年聽到雄鵝的呼救，但是他不知道該怎麼辦。他並不是因為如果雄鵝被煮成料理，自己就能重新變回人，所以才不去救雄鵝，而是因為害怕讓爸爸、媽媽看到自己現在的樣子而遲疑。他不想讓爸爸和媽媽為了他，而傷心難過。

爸爸、媽媽把雄鵝和灰雁帶進屋裡，關上門。少年趕緊穿過院子，跑上臺階，奔到房門口。可是少年還在猶豫，他實在不願意讓爸爸和媽媽看到，自己變成一個小人兒。

「但是自從離家的第一天起，雄鵝就成為我的知心朋友了。」少年想著。旅行時的一幕幕場景，彷彿又再一次展現在他的眼前。在狂風驟雨中、在兇殘的野獸出沒的地方，雄鵝捨身相救的情景還歷歷在目。終於，感激和親情一般

的愛，戰勝猶豫，少年不顧一切的拼命敲打屋門。

「是誰在外面啊？」爸爸疑惑的問道，並走過來打開屋門。

「媽媽，請你不要殺死雄鵝！」少年高聲叫道。這時，被捆綁著的雄鵝和灰雁，驚喜交加的叫起來。少年頓時鬆了一口氣，因為他們還沒有死。

此時，感到驚喜的不只是雄鵝和灰雁，還有媽媽和爸爸。「啊！我的孩子，你終於回來啦！」

媽媽驚呼道：「你看，你都長

這麼高了，變得更像大人啦！」欣喜的淚水模糊媽媽的雙眼。

「歡迎你回家，我的孩子！」爸爸只覺得喉頭哽咽，忍不住老淚縱橫。

少年不安的站在門口，疑惑爸爸、媽媽看到他這副模樣，怎麼還會還如此高興。直到媽媽走過來擁抱他的時候，他這才發覺，自己已經恢復成正常人，而且比以前還長高了一些。

「**爸爸、媽媽，我終於變回人了！我終於長高了！**」少年激動的擁抱著父母，喜出望外的高聲呼喊。

第十六章　告別大雁

第二天清晨，天還沒有亮，少年就起床了。他來到鵝窩，想找雄鵝一起去看大雁們。可是雄鵝自從回到家，就不想再出門，他把頭一直縮在翅膀底下，沉沉的睡著。

於是少年一個人來到海邊。今天大海上霞光萬丈、風平浪靜。少年想，大雁們真是挑了一個出發飛越大海的好日子。

少年來到海岸邊，好讓大雁們都能看到他。很快的，大雁浩浩蕩蕩的飛來，一群接著一群。少年目不轉睛的尋找著阿卡他們，他要告訴他們，自己已經變回一個真正的人了。

這時，又有一群大雁飛來。他們飛得比其他大雁更高，叫聲更高亢洪亮。從這群大雁飛行的姿態和神態，少年知道這就是帶著他周遊全國的雁群。但是，他已經不能像昨天那樣，很快就能認出他們來。

大雁們放慢飛行的速度，在海岸邊盤旋著。少年相信這就是自己所認識的雁群，但他不明白為什麼大雁們不飛到他的身邊來。他想用鳥語呼喊他們，但是他沒辦法再說出正確的鳥語了。

空中傳來阿卡的叫聲，奇怪的是，少年再也聽不懂阿卡的話了。這是怎麼回事？少年想，一定是因為自己變回人的緣故吧！

少年一邊向大雁們揮舞著尖頂小帽，一邊沿著海岸奔跑，還高聲喊道：

「喂！我在這裡！我在這裡！」

可是雁群聽到他的呼喊，受到了驚嚇，一直朝海面飛過去。少年終於明白，自己變回了人，說不出鳥語，鳥兒們也就認不出他來了。

少年一邊為自己解除小精靈的咒語而高興，一邊又因為要離開自己的夥伴而傷心。他一屁股坐在沙灘上。

過了一會兒，少年聽到翅膀拍動的聲音。原來，阿卡因為離開少年而感到非常難過，忍不住飛回來看看少年。少年一動也不動的坐在沙灘上，阿卡才敢飛近他的身邊。這時，阿卡終於認出來，這名少年就是大拇指，於是緩緩降落在他身邊。

少年高興的歡呼起來，他把阿卡緊緊摟在懷裡。其他大雁也飛過來，聚集到他身邊。他們紛紛用喙撫摸著少年，並用翅膀輕輕的拍打少年。他們還呱呱的叫著，祝賀少年重新變回了人。少年也不停的對他們說著感謝的話。

最後，少年再一次輕輕的拍一拍阿卡的身體，然後站起身來，想在他們因為失去他而難過之前，離開他們。他向堤岸走去，然後又轉身向大海望去。

雁群一起向大海上空飛去，他們的叫聲此起彼伏，少年站在那裡，目送著他們遠去。**如果可以，他真想再變成小人兒，跟隨大雁們去遨遊世界各地！**

旅遊頻道 YouTuber

在尋找青鳥的旅途中，走訪回憶國、夜宮、幸福花園、未來世界……

在動盪的歷史進程中，面對威權體制下看似理所當然實則不然的規定，且看帥克如何以天真愚蠢卻泰然自若的方式應對，展現小人物的大智慧！

地球探險家

動物是怎樣與同類相處呢？鹿群有什麼特別的習性嗎？牠們又是如何看待人類呢？應該躲得遠遠的，還是被飼養呢？如果你是斑比，你會相信人類嗎？

遠在俄羅斯的森林裡，動物和植物如何適應不同的季節，發展出各種生活形態呢？快來一探究竟！

咦！人類可以騎著鵝飛上天？男孩尼爾斯被精靈縮小後，騎著家裡的白鵝踏上旅程，四處飛行，將瑞典的湖光山色盡收眼底。

歷史博物館館員

影響孩子一生的世界名著

探索未知的自己

未來，你想成為什麼樣的人呢？探險家？動物保育員？還是旅遊頻道YouTuber……
或許，你能從持續閱讀的過程中找到答案。
You are what you read!
現在，找到你喜歡的書，探索自己未來的無限可能！

你喜歡被追逐的感覺嗎？如果是要逃命，那肯定很不好受！透過不同的觀點，了解動物們的處境與感受，被迫加入人類的遊戲，可不是有趣的事情呢！

哈克終於逃離了大人的控制，也不用繼續那些一板一眼的課程，他以為從此可以逍遙自在，沒想到外面的世界，竟然有更大的難關在等著他……

到底，要如何找到地心的入口呢？進入地底之後又是什麼樣的景色呢？就讓科幻小說先驅帶你展開冒險！

動物保育員

森林學校老師

瑪麗跟一般貴族家庭的孩子不同，並沒有跟著家教老師學習。她來到在荒廢多年的花園，「發現」了一個祕密，讓她學會照顧自己也開始懂得照顧他人。

打開中國古代史，你認識幾個偉大的人物呢？他們才華橫溢、有所為有所不為、解民倒懸，在千年的歷史長河中不曾被遺忘。

以人為鏡，習得人生

正直、善良、堅強、不畏挫折、勇於冒險、聰明機智……
有哪些特質是你的孩子希望擁有的呢？
又有哪些典範是值得學習的呢？

【影響孩子一生的人物名著】
除了發人深省之外，還能讓孩子看見不同的生活面貌，一邊閱讀一邊體會吧！

★ 安妮日記

在納粹占領荷蘭困境中，表現出樂觀及幽默感，對生命懷抱不滅希望的十三歲少女。

★ 海倫凱勒自傳

自幼又盲又聾又啞，不向命運低頭，創造語言奇蹟，並為身障者奉獻一生的世紀偉人。

★ 湯姆歷險記

足智多謀，正義勇敢，富於同情心與領導力等諸多才能，又不失浪漫的頑童少年。

★ 環遊世界八十天

言出必行，不畏冒險，以冷靜從容的態度，解決各種突發意外的神祕英國紳士。

★ 岳飛傳

忠厚坦誠，一身正氣，拋頭顱灑熱血，一家三代盡忠報國，流傳青史的千古民族英雄。

★ 清秀佳人

不怕出身低，自力自強得到被領養機會，捍衛自己幸福，熱愛生命的孤兒紅髮少女。

★ 福爾摩斯探案故事

細膩觀察，邏輯剖析，揭開一個個撲朔迷離的凶案真相，充滿智慧的一代名偵探。

★ 海蒂

像精靈般活潑可愛，如天使般純潔善良，溫暖感動每顆頑固之心的阿爾卑斯山小女孩。

★ 魯賓遜漂流記

在荒島與世隔絕28年，憑著強韌的意志與不懈的努力，征服自然與人性的硬漢英雄。

★ 三國演義

東漢末年群雄爭霸時代，曹操、劉備、孫權交手過招，智謀驚人的諸葛亮，義氣深重的關羽，才高量窄的周瑜……

影響孩子一生名著系列 06
騎鵝旅行記
懂得關懷與愛護
ISBN 978-986-95585-9-4 / 書 號：CCK006

作　　者：塞爾瑪．拉格洛夫 Selma Lagerlöf
主　　編：陳玉娥
責　　編：黃馨幼、陳洳璇、徐嫵婷
插　　畫：蔡雅捷
美術設計：蔡雅捷、鄭婉婷
審閱老師：施錦雲

出版發行：目川文化數位股份有限公司
總 經 理：陳世芳
發　　行：周道菁
行銷企劃：朱維瑛、許庭瑋、陳睿哲
法律顧問：元大法律事務所 黃俊雄律師
台北地址：臺北市大同區太原路 11-1 號 3 樓
桃園地址：桃園市中壢區文發路 365 號 13 樓
電　　話：(02) 2555-1367
傳　　真：(02) 2555-1461
電子信箱：service@kidsworld123.com
劃撥帳號：50066538

國家圖書館出版品預行編目 (CIP) 資料

騎鵝旅行記 / 塞爾瑪．拉格洛夫作．-- 初版．--
臺北市：目川文化，民 106.12
面；　公分．--（影響孩子一生的世界名著）
注音版
ISBN 978-986-95585-9-4（平裝）

881.359　　106025090

網路書店：www.kidsbook.kidsworld123.com
網路商店：www.kidsworld123.com
粉 絲 站：FB「悅讀森林的故事花園」

印刷製版：長榮彩色印刷有限公司
總 經 銷：聯合發行股份有限公司
地址：新北市新店區寶橋路 235 巷 6 弄 6 號 4 樓
電話：(02)2917-8022
出版日期：2018 年 4 月（初版）
定　　價：280 元

建議閱讀方式

型式	圖圖圖	圖圖文	圖文文		文文文
圖文比例	無字書	圖畫書	圖文等量	以文為主、少量圖畫為輔	純文字
學習重點	培養興趣	態度與習慣養成	建立閱讀能力	從閱讀中學習新知	從閱讀中學習新知
閱讀方式	親子共讀	親子共讀 引導閱讀	親子共讀 引導閱讀 學習自己讀	學習自己讀 獨立閱讀	獨立閱讀